DU MÊME AUTEUR

CHUCHO

GRÉGOIRE POLET

CHUCHO

roman

GALLIMARD

Pour Pierre

1

— Touche pas à la lampe, gamin. Tu sais bien que je ne veux pas.

Le gamin garde le doigt sur l'épaisse mèche noire, un peu sous la flamme. La vieille lui claque la tapette à mouches sur l'avant-bras.

— C'est toi qui vas l'éteindre, avec ton vent.

La vieille, enfoncée dans son poids :

— Dis pas ça, gamin. Ça fait douze ans que je m'en occupe. T'étais pas né. Elle s'est jamais éteinte, pas une seconde.

— Je sais bien, Dumbre.

Le gamin retire son doigt. Il se frotte la dent.

— T'as mis combien d'huile là-dedans, hein, en douze ans ? Et combien de fritures t'aurais pu faire avec toute cette huile, plutôt que de la brûler ? Dumbre, tu penses à ça ? Combien de croquettes t'aurais pu manger en plus ?

— T'es un petit malin, hein ?

— Toute manière on voit bien que t'as jamais manqué de croquettes.

— Ça te fait rire, ça, fils de pute. Attends voir si à mon âge tu seras pas plus gros que moi.

Le gamin lui fait un sourire, avec un bout de la langue dans le coin de sa dent cassée.

— Et puis c'est pas avec de l'huile de lampe qu'on fait les croquettes.

— Ça m'étonne que tu saches tout ça, Dumbre.

La vieille a de longs cheveux gris, raides comme du bois, avec des restes noirs de teinture. Si clairsemés qu'on voit son crâne par-derrière. Elle se remue sur sa chaise, fière.

— J'ai de l'expérience, il faut dire.

— T'es une bonne vieille, Dumbre, je t'aime bien.

Le gamin se relève comme un ressort, va mettre un baiser dans la grosse joue, qu'il termine par un coup de canine.

— Ouich !

Le gamin s'est enfui, passé à travers le rideau anti-mouches en plastique multicolore.

— Chucho ! Chucho, reviens !

Pas de là à soulever ses cent kilos de sa chaise.

— Chucho !

Apparaît la tête du gamin.

— Chucho…

— Dis, Dumbre, la Terre, elle est ronde ou elle est plate ?

— Et pourquoi pas en forme de poire, tant qu'on y est. Chucho…

Mais Chucho disparaît en riant.

— Chucho… reviens, je veux que tu me branches le ventilateur !

Barcelone, quartier populaire de Poble Sec, sur le versant de Montjuïc. Août. Chaleur.

2

Chucho descend la rue, raide passatge de Martras, carrer de Radas, sur le trottoir du soleil. Il prend à gauche dans la rue piétonnière. Près de la fontaine publique, sous les tilleuls sales, avec deux chiens sans race ni collier jouant qui se cabrent et s'agacent, il y a deux copains de Chucho.

— La Dumbre, elle dit que la Terre est plate !

Toni, le plus grand :

— Eh, Chucho, toi tu sais pas : la Polaca est morte. Ils l'ont retrouvée cette nuit.

Chucho ramasse un ballon de cuir.

— Ah bon ? Je la connaissais pas, moi.

Baltasar, le garçon plus petit que Chucho, lui reprend le ballon des mains pour bien marquer qu'il lui appartient.

— Mais si que tu la connaissais, on t'a vu plein de fois avec.

— Pas plein de fois ! Je l'ai vue une ou deux fois comme tout le monde, mais qu'est-ce qui est arrivé ?

Le plus grand prend la parole :

— Putain, ils l'ont déchirée au couteau.

— Qui ça ?

13

Le plus petit, avec son ballon :

— Tu pleures pas, toi? Pourtant tu pleures toujours.

Chucho lutte :

— Qui vous dit qu'ils étaient plusieurs? Et puis on s'en fout, c'est pas nos affaires. La Polaca, on la connaissait à peine. C'est pas ta mère, que je sache?

Le plus grand réagit en soulevant brusquement le menton, geste qui équivaudrait à une lame sortant d'un cran d'arrêt.

— Bon, ben alors, puisque c'est pas notre mère, c'est pas nos affaires.

Chucho reprend le ballon des mains du plus petit, le lance et se met à jongler des deux pieds.

— J'en ai fait dix-huit, hier.

— Du même pied ou avec les deux?

— Les deux.

— Évidemment, avec des Air Max.

Et le plus petit regarde les chaussures de Chucho.

Du coup, le plus grand met dans ses oreilles les écouteurs blancs d'un baladeur qui vaut cher. La batterie en est tout à fait plate depuis longtemps, mais qui le sait à part lui?

Le ballon retombe.

— Douze!

— Eh, t'écoutes quoi?

— Ricky Martin.

— Je peux?

— Tu rêves.

— Douze, Chucho. Mon frère il fait beaucoup mieux.

— Ton frère, il est pas là. Toi, par contre?

Le plus petit prend le ballon, commence à jongler.

14

— Bien ! Trois ! Si j'avais une sœur, elle ferait mieux. Je suis sûr que Dumbre peut faire quatre. Et assise !

Le plus grand rit avec Chucho. Le plus petit recommence, sous les yeux de Chucho.

— Si tu fais plus que douze, je te paie un iPod.

— Et avec quel argent ?

— Ben, avec le même argent que Toni.

Le plus petit laisse rouler la balle et regarde Toni. Chucho :

— Tu crois qu'il a payé combien, Toni, pour écouter Ricky Martin ?

Toni se marre. Les deux chiens courent après le ballon.

— J'ai pris le téléphérique avec les touristes. Ça coûte neuf euros. Eh bien, mon iPod, il m'a coûté neuf euros.

Et il se marre de nouveau. Les chiens rapportent le ballon. Chucho le leur prend, les chiens jouent avec lui. Chucho se marre avec Toni. Alors, le plus petit se marre aussi.

Toni retire un de ses écouteurs. Avec le cordon, il fait des moulinets.

— Eh, Chucho. Tu sais, ils ont retrouvé aussi son estomac. Mais pas dans la même rue.

— Et qu'est-ce que tu veux que ça me foute ?

— Je dis ça parce que je le sais.

— Qu'est-ce que tu veux que ça me foute qu'on ait retrouvé l'estomac de ta mère dans une autre rue.

Immédiatement, même coup de menton de Toni, façon cran d'arrêt. Mais Chucho ne s'en tient pas là.

— D'abord on l'a jamais vue, ta mère.

— Comment tu veux que la Polaca soit ma mère ? Elle

avait vingt-cinq ans à tout péter, la Polaca. Et j'ai treize ans, moi. Elle a pas pu m'avoir à, à, à neuf ans, quoi.

— À douze ans, Toni. Tu sais même pas compter. Toi, ta mère, c'est la Dumbre, si on veut voir comme t'es intelligent.

Le coup de pied part, mais Chucho l'évite.

— Ma mère, toute façon, tu sais bien, elle habite à New York. Tout le monde le sait. À l'hôpital, quand je suis né, on lui a dit que j'étais mort, alors elle est partie. Puis finalement je suis pas mort. Et puis voilà, c'est bête mais c'est comme ça.

Le petit s'y remet :

— Pourquoi tu vas pas la voir ?

— Il sait pas où elle habite, malin. La vraie question c'est pourquoi elle, elle vient pas le chercher si c'est sa mère. Elle veut peut-être pas d'un fils comme toi. Et puis évidemment c'est des histoires. T'es sûrement pas né dans un hôpital. Et puis t'as pas de mère, toi.

Le petit dit le mot de trop :

— Et la Polaca, alors ?

Le coup de pied part et le petit ne l'évite pas. Coup de pied dur, dans les côtes. Le petit ne tombe pas mais il se met à pleurer en se tenant le flanc. Toni s'adosse au tronc d'un tilleul.

— Et d'abord, quand on s'appelle Baltasar, on pleure pas. Ça fait déjà trop pleurer de rire.

Baltasar pleure. Il est né un 6 janvier, le jour des Rois, alors il s'est appelé Baltasar.

Toni remet son écouteur. Chucho va presser le bouton de la fontaine publique et les deux chiens se précipitent pour y boire, ouvrant la gueule sous le robinet, avec des claquements de langue, léchant le cuivre frais et le vertde-gris. Ils se débattent, ils s'ébrouent. Puis Chucho met sa main dans la claire cataracte, s'incline, pose ses deux jeunes lèvres au bord de sa paume ruisselante et boit.

Le petit Baltasar s'est assis par terre. Toni :

— Tu pleures plus? T'as vraiment mal?

— Maintenant ça va.

— Comme ça tu sauras que j'aime pas qu'on parle sur ma mère.

Toni a sur la lèvre un début de duvet. La peau brune. Un regard très perçant. C'est un maigre. Il a des petites oreilles rondes plantées bas, presque dans la nuque. Ce qui lui fait de devant un air triste et de dos un air louche, un air battu, fourbe, un déséquilibre, une silhouette, et peut-être un tempérament, d'hyène. Il dit :

— On peut aller jouer chez Guga, il a une console.

Baltasar a coincé son menton entre ses genoux.

— La dernière fois son père regardait la télé, on n'a pas pu jouer.

— T'as vu leur télé?

— Immense!

— Sinon, chez lui, il y a aussi un vélo.

— Oui. Eh, Chucho, arrête avec l'eau. Tu viens avec nous chez Guga?

Chucho lâche le bouton-pressoir. Il regarde le rond qui s'est imprimé dans sa paume.

— Non, j'y vais pas.

— Pourquoi?

— J'ai des choses à faire.

Toni va chercher le ballon, lui applique sur le bord un coup de pied net et puissant qui le fait véritablement jaillir du sol et qui confirme en quelque sorte son autorité sur les deux plus petits.

— T'as toujours des choses à faire, toi. T'es un vrai con.

Le ballon est venu se poser dans sa main et Toni le cale sous son bras.

— Allez, on y va.

Toni et Baltasar s'éloignent dans la rue piétonnière. C'est pas tout près, chez Guga. Ils en ont pour une trotte. Peut-être, ils prendront le bus. Toni chatouille Baltasar dans le dos, qui se sauve en courant, puis qui l'attend. Ils se lancent le ballon. Toni shoote très fort en visant la tête de Baltasar, Baltasar évite, le ballon rebondit contre un mur, Baltasar court le chercher, il jongle un peu, Toni marche en balançant les bras très écartés du corps, ils sont de plus en plus loin, de plus en plus petits dans la rue. L'enfilade des tilleuls. Chucho tourne les talons. Restent les deux chiens près de la fontaine publique.

3

Chucho enfonce ses mains dans les poches de son jean. Dans la poche droite il n'y a rien; mais dans la poche gauche, il y a un trou et Chucho y joue avec l'index. Juste à cet endroit, il a un grain de beauté où pousse un poil. À chaque pas en avant, il tire dessus.

Il avance sans réfléchir, remonte la carrer de Radas, le passatge de Martras. Comme ça grimpe, il marche la tête baissée, il regarde le bout de ses énormes baskets blanches. Baltasar marche dans des espadrilles. C'est pas de chance pour Baltasar.

Devant la porte de la Dumbre, sur le trottoir, stationne la « Vespal », immobile sur son double pied d'acier, la selle abîmée par l'usage, craquelée par la chaleur, épatée sous l'habitude du poids. C'est une Vespa, une moto Vespa, mais la Dumbre, qui n'a jamais su lire ni écrire, continue envers et contre tout à dire « Vespal » en croyant qu'elle dit « Vespa ». Quand on la voit, deux fois par semaine, descendre et surtout remonter Radas et Martras sur sa Vespal, chargée au retour de deux gros cabas de provisions, oranges, asperges, œufs, poireaux, lait, huile, conserves, accrochés de part et d'autre de la roue arrière, la Dumbre, c'est tout un poème. La moto hurle à fond les manettes ; on la dépasserait presque, à pied. Et avec ça qu'elle met un casque ! Elle sue, là-dessous, dans ses rides. Imperturbable ! Pas un sourire. Sérieuse comme un pape. Faut dire, elle le sait bien. Elle sait bien que si elle ne s'acquitte pas de sa tâche, on lui retire sa Vespal. Et surtout, on la jettera, elle. Elle ne sera plus bonne à rien du tout si elle n'est même plus bonne à ça. Faire les courses deux fois par semaine. Elle sait bien que c'est un geste, que c'est une gentillesse qu'on lui fait. Que normalement elle aurait déjà été évacuée comme les autres : une méchante surdose, la nuit, derrière la gare. Un jour, un inconnu lui a proposé de l'aider : elle l'a agressé violemment. Elle l'a agoni d'injures. Les gens ne se rendent pas compte. Les gens normaux ont tout faux. Elle lui a fait un doigt en enfourchant sa Vespal, façon gros motard moustachu sur son « chopper » à Los Angeles. Puis elle a démarré à du deux à l'heure.

Deux fois par semaine elle fait ça, la Dumbre. Les cinq jours qui restent, elle ne fait rien. Ce n'est même plus elle qui fait la cuisine. Elle veille sur sa lampe à huile, sa manie. Elle se relève la nuit pour vérifier que tout va bien. Sinon, elle regarde la télévision. Ou elle se tient en silence sur sa chaise, la tapette à mouches en main. Elle attend sa piqûre. Elle s'énerve parfois quand ça tarde. Quand elle l'a eue, elle plane pendant une heure ou deux, elle chante, elle dit que le plus vieux est aussi le plus beau métier du monde. Elle mange. Elle boit de l'eau. Elle va aux toilettes.

Elle réfléchit aussi. À son problème. Et son problème, c'est que Belito, le patron, n'a pas bien disposé les éléments de sa petite pièce. La télévision est accrochée au mur sur un plateau, en hauteur. L'écran n'est pas bien grand. Pour voir correctement, il faut se mettre à l'endroit où, pour autant, se trouve sa chaise. Mais de là, la prise du ventilateur devient inaccessible. Il faut se lever. Et se lever, pour elle, c'est un effort de titan. Ça la surchauffe plus que le ventilateur ne la rafraîchit. Voilà le problème. S'ajoutent à cela des raffinements. Comme la petite télé est un appareil récupéré ou volé dans un hôtel, elle a le volume du son bridé. On n'entend pas bien. Et quand le ventilateur fonctionne, on n'entend plus du tout. Malgré que le ventilateur soit réglé sur la plus petite vitesse, pour ne pas faire pencher la précieuse flamme qui ne s'éteint jamais. Enfin, c'est compliqué. Elle a déjà expliqué ça cent fois à Belito, qui ne l'écoute pas et qui dit qu'il va s'en occuper. Mais elle sait bien que non. Depuis tant d'années. Du moins, son problème lui permet de réfléchir. Et d'entretenir, comme elle entretient sa lampe, sa faculté de penser.

— Ah, Chucho. Fais-moi un plaisir. Va brancher le ventilateur. Je fonds, moi, ici.

La Dumbre est là, enfoncée dans sa chaise de jardin en plastique blanc, la tapette en main comme un sceptre. Chucho aime traverser le rideau anti-mouches et laisser les bandelettes multicolores lui monter le long du corps, glisser sur ses épaules, sur son cou, puis retomber avec un bruit d'osselets et se refermer aussi sûrement qu'un trou dans l'eau. Il enfonce dans la prise la fiche du ventilateur, dont la croix de bois au plafond commence à tourner. Il passe derrière, à la cuisine, pousse une porte, se plante devant la cuvette d'un W-C où il fait pipi en compagnie d'une grande blatte noire paisible aux reflets rubis. Puis il revient dans la pièce et s'assoit contre le mur, sur les carreaux.

— Tu regardes pas la télé?

— Non. Tu veux, toi?

— Non. Dis, Dumbre, tu as entendu pour la Polaca?

— La Paca?

— Non, la Polaca.

— La Paca, je ne l'ai pas vue depuis quinze jours, au moins. Tu sais, je ne vois pas grand monde.

— Je dis : la Polaca. La nouvelle, la vraie blonde, celle qui avait toujours son chien, avec la laisse qui déroule. Un chien noir, enfin presque noir, très musclé, comme un boxer en plus petit, tu vois pas? Elle avait les ongles en rose, toujours.

— Non. Un chien avec les ongles en rose, je m'en souviendrais. Faut pas faire ça à ces bêtes-là, c'est pas bien.

— Pas le chien! La fille, qui avait les ongles en rose.

— Ça ne me dit rien non plus.

— Putain, Dumbre, on peut vraiment rien faire avec toi. T'es trop débile.

— Dis pas ça, gamin.

Le gamin, assis par terre, tend les jambes devant lui. Ses grandes baskets blanches ont les semelles évasées. C'est le modèle qu'il préfère. C'est absolument le plus beau modèle. Quand la Polaca l'a emmené dans le magasin, il n'a pas hésité une seconde. Il savait d'avance, il les connaissait. Depuis toujours. Depuis qu'il est né, c'était ses chaussures. Elles sont sublimes. Quand un rêve prend forme, il doit forcément ressembler à ces chaussures-là. Ces chaussures de sport à coussins d'air, comme si on disait semelles de vent, au bout des jambes de Chucho, qui ont fait de ses pieds la partie la plus fortunée de son corps. La décharge de bonheur contenue dans ces chaussures, depuis vingt-quatre heures qu'elles sont les chaussures de Chucho Galvés, n'a pas faibli, pas perdu d'intensité. Chucho ne sourit pas mais il n'y a pas en ce moment d'enfant plus heureux que Chucho. Le monde entier est en Chucho, dans son regard et son silencieux émerveillement. Quelle perfection dans ce rêve, qui a la forme de ses chaussures.

— En revanche, Chucho, tu as entendu pour Dorota ? Celle de l'Est, là, la jolie, on nous l'a tuée.

— Mais c'est elle ! C'est d'elle que je te parle depuis le début ! La Polonaise !

— Ah bon ? Elle était polonaise ? Je croyais qu'elle venait de l'Est.

— Qu'est-ce que tu sais de cette histoire ?

— J'en sais ce que m'a dit Marta. Qu'on l'a découpée comme un cochon de lait.

— Mais tu sais qui ?

— Non. Non, je ne sais pas. Marta non plus ne savait pas. Autrement, elle me l'aurait dit. Mais si tu veux mon avis…

— Non ! Si tu sais pas, je veux pas ton avis.

Et comme un ressort, de nouveau, Chucho s'est levé. Aussitôt sorti.

Chucho n'a pas de montre. Pas de téléphone portable. Sa tête retraverse le rideau anti-mouches.

— Dumbre, tu as l'heure ?

— On est jeudi, mais…

— Mais l'heure ?

— Je sais pas. Je peux allumer la télé, ils le diront peut-être.

— Écrase.

4

Chucho descend de Poble Sec. Il va traverser un morceau de ville. Sur l'avinguda del Parallel, il demande abruptement :

— Quelle heure il est ?

À un passant qui lui répond avec méfiance :

— 16 h 15...

Et qui protège sa poche arrière.

Chucho, c'est un gamin de onze ans qui passe entre les voitures sur l'avinguda del Parallel et qui atteint l'autre trottoir. Suivant son ombre courte sur le réseau de carrés du pavement. Ce sont cent mille cheveux plantés et poussant dans la peau de son crâne, distribués en mèches mêlées et pointues d'un brun très sombre et brillant, comme un marron mûr et lustré dans la poche patiente d'un enfant aux mois d'automne. Une peau mate presque cuivrée, lisse et tiède, comme une femme sans enfant la rêve derrière la lumière fendue d'une persienne en caressant l'amère substitution d'un chiot dans ses matins de solitude. Comme tous les visages humains, celui de Chucho a sous le front deux plaies béantes, deux blessures terribles qui ouvrent et referment des milliers de fois par jour leurs formes d'amandes, mais qui ne guérissent, ne cicatrisent, ne se cautérisent jamais, laissant à vif ces petits globes fragiles et mobiles, furtifs, par où l'âme est contrainte comme par un supplice chinois à voir sans répit l'infinie variété spectaculaire du labyrinthe qui de proche en proche lui montre et lui raconte le chemin et l'histoire qui la conduisent à sa mort. Chucho, ce sont des lèvres fines, des dents sans soin mais régulières, avec une incisive cassée, biseautée, comme s'il lui fallait une canine de plus pour survivre dans cette chienne de vie. Chucho, c'est ce garçon qui marche dans d'énormes chaussures de sport blanches et qui s'enfonce dans le réseau serré des ruelles de l'ancien quartier chinois de Barcelone, rebaptisé Raval, où les façades très hautes et très proches gardent l'ombre partout, où le linge multicolore pendu aux fenêtres met sous les bandes de ciel bleu comme une agitation de drapeaux joyeux, où des familles et des individus de toutes origines et réunis dans la pauvreté côtoient les pionniers de la mode, les promoteurs immobiliers, constructeurs de lofts et rénovateurs de penthouses, où les mobylettes volées croisent les rouges vélos de location, où deux, trois rues seulement subsistantes de putes et d'affreux sont parcourues et menacées par des touristes de toutes provenances et réunis par la richesse, guide en main, vaguement fourvoyés, à la recherche de la blancheur flambant neuve du musée d'Art contemporain. Boulangerie à l'enseigne rédigée en catalan, tenue par une Chinoise et vendant des viennoiseries; bistrot traditionnel débitant de la bière belge et annonçant les *frankfurts* à un euro cinquante la pièce. Skateurs nonchalants au jean tombant sous les fesses et dévoilant un caleçon américain en vichy bleu clair. Filles légèrement vêtues de noir, bretelles transparentes de soutien-gorge, cheveux longs derrière et coupés presque ras sur le dessus de la tête, frange droite sur le front, tatouage effaçable sur les reins découverts. Trinité de Pakistanais immémoriaux adossés à un mur et entourés d'une plage consciencieuse d'écorces de *pipas* continuellement augmentée et gagnant lentement du terrain sur les pavés égaux et noircis de la rue, nervurés du capricieux tracé de pipis évaporés et de tout un bassin d'écoulement d'urée de chaussée. Jeune homme téléphonant accroupi et ramassant dans une feuille de journal le massif excrément de son rottweiler à muselière inutile, accrochée au cou.

Chucho, c'est cet enfant de pute, probablement mexicain ou cubain, que son visage mystérieusement fin et long fait prendre pour un immigré d'Afrique du Nord, sa silhouette souple et sa démarche louvoyante pour un Gitan, et son regard oblique et malin pour un individu qui rend la rue hostile. Chucho a une voix d'or, encore parfaitement une voix d'enfant, légèrement aiguë, flexible, fluide, où la parole et le chant ne sont pas encore dissociés. Chucho a les mains sales, un trou dans la poche gauche et un doigt sur la cuisse. Il marche.

La ville passe sous ses pieds comme un tapis roulant. Jamais la marche ne fut si dépourvue d'effort que portée sur ces semelles de vent. Les rues défilent, droite, gauche, les façades, les immeubles chargés de gens jusqu'à la gueule, les trottoirs animés, la faune bigarrée de la population, les sacs bananes des voyageurs, la chevelure blonde des colossales Suédoises, le poil ras des chiens, l'odeur des calamars frits, l'ombre d'une ruelle silencieuse soudain troublée par la trépidation d'une valise tirée sur roulettes, un rideau métallique qu'on relève, une guitare touchée avec sentiment.

Pour Chucho, Barcelone n'est pas une ville. Puisqu'il n'en connaît pas d'autre, qu'il n'a jamais vu de village ni la campagne. Barcelone est pour un garçon comme Chucho ce qu'est pour un orphelin l'hospice et son domaine, dont il n'a jamais été question de sortir; un monde dans le monde ne manquant d'aucun élément du monde; un espace vaste, complexe et évident qui lui a été attribué de naissance comme ses deux bras, ses deux jambes et les formes originales de son corps. Pour Chucho, Barcelone, c'est, sans question, la réalité. Comme si on lui avait dit : voilà ta grand-mère, ta yaya, elle ne t'appartient pas, elle est également la grand-mère de tas d'autres, elle n'est même pas forcément gentille, mais c'est ta grand-mère. Appelle-la yaya, comme tout le monde. Appelle-la Barcelone. Et maintenant, va jouer, va-t'en. Et ne dérange pas les grandes personnes.

5

Tout au début de la Rambla, à hauteur de la place de Catalogne, dans un édifice ancien et prétentieux se trouve un grand fast-food. Chucho se présente à l'entrée, veut passer les portes, mais la main d'un gardien le retient par l'épaule. Vivement, le gamin se défait de l'emprise de cette main et fixe un regard rempli d'angoisse et de défi sur les yeux de l'homme en uniforme.

— Qu'est-ce que tu viens faire ici, toi ?

Chucho ne dit rien.

— Tu as de l'argent ?

Chucho ne dit rien.

— Allez, va-t'en, je ne veux pas d'histoires.

Chucho, qui a conscience de l'indignité de son tee-shirt noir délavé et détendu, de son jean sale, indique d'un coup d'œil et en avançant un peu le pied la qualité majestueuse de ses chaussures de sport.

— Va-t'en, je te dis. Ça vaut mieux.

Chucho soudain s'est faufilé, il est entré. Dans un juron, le gardien fait volte-face, dégaine son talkie-walkie et passe les portes. Ses moustaches se hérissent.

— Bruno, une saloperie de petit Gitan s'est introduit. Aide-moi à le serrer.

28

Depuis l'autre entrée du restaurant apparaît Bruno, scrutant la vaste salle où la foule des vacances fait la queue aux multiples comptoirs et gagne les tables en portant des plateaux. Bruno échange avec son collègue un bref regard professionnel et un mot dans le talkie-walkie : je le vois.

Blême, le gamin, rempli d'une douloureuse électricité, tourne la tête. Lui aussi cherche quelqu'un. Les deux hommes s'approchent calmement de lui, l'un devant, l'autre derrière ; lui, se mêle aux gens, lève les yeux vers les visages, se glisse, ne heurte personne, va, vient, se retourne, accélère, échappe de justesse aux bras de Bruno.

Chucho gravit les escaliers encombrés menant à la galerie qui surplombe la salle comme une courtine. Il s'infiltre parmi les jambes avec la légèreté du vent. Mais son cœur lui bat dans les oreilles. Il cherche, il cherche, et déjà le gardien moustachu sourit en montant les marches parce que Bruno se poste à l'autre escalier et qu'il n'y a plus d'issue pour le petit voleur à la tire. Chucho, sur la galerie, se tient à la balustrade entre deux tables libres, il cherche, il cherche des yeux, désespérément. Le gardien déjà s'approche.

— Il ne va tout de même pas sauter, ce fou…

Des clients, l'attention attirée, se mettent à regarder. Puis, près de l'entrée, là, en contrebas, Chucho voit celui qui vient de faire apparition.

— Braco !

Il a crié, Chucho, et sa voix a soudain glacé le monde, tant la peur y était avec toutes ses lames.

— Braco !

Il n'a crié qu'une fois mais le cri s'entend encore. Le gardien ne sait ce que cela signifie, mais, à cause du cri, il se hâte. Pour lui échapper, Chucho doit bondir sur la balustrade, il est debout sur la rampe, il fait quelques petits pas en arrière, surplombant le vide, et le gardien est empêché par les tables. Tout se passe tellement vite. L'individu qui est entré et qui s'est fait si violemment héler, Braco, quand il a vu le gamin debout là-haut sur la rampe, s'est précipité. Il fend la foule, sans mesure ; la masse vigoureuse de son corps et son imposante stature heurtent, bousculent, renversent, il est déjà en dessous de la galerie ; et le petit saute, saute dans le vide, quelques cris de femmes et le petit est sur Braco, accroché avec les bras, avec les jambes. Braco n'a pas bougé, solide, il serre le gamin dans ses bras, qui n'a pas besoin de ça pour tenir. L'individu Braco, vers qui les regards se tournent, ne dit mot. Il porte une très élégante chemise blanche, que l'emprise de Chucho froisse et tire sur le cou. Par-dessus l'immense épaule de l'homme, le visage effaré de Chucho effraie. Bruno rend le calme aux clients.

— Tout va bien, tout va bien, il ne s'est rien passé, merci pour votre collaboration.

Et déjà, lui et son collègue se tiennent près du grand homme, gênés par la qualité de sa mise et par son mètre quatre-vingt-quinze.

— Vous le connaissez ?

Et l'autre rétorque, dans un espagnol impeccable sous l'accent allemand :

— J'avais rendez-vous avec ce garçon. Qu'est-ce qu'il a fait ?

— Vous le connaissez ?

— J'ai dit : qu'est-ce qu'il a fait ?

— Il... il... vous savez... c'est pas la première fois qu'on le voit...

— Pas la première fois ?

— Et vous avez remarqué son comportement. On veut pas de ça ici. Ici, c'est pour les gens normaux. On n'a rien contre les gens normaux. Mais pas les sauteurs de barrière.

L'imposant individu qui s'est fait appeler Braco tient le silence, sourcils froncés, parvient à capter le regard fuyant du gardien et, les prunelles droit dans les prunelles, déclare :

— Un jour, quelqu'un vous poursuivra, comme vous avez poursuivi celui-ci.

Bruno, dans le dos de l'homme, vise avec ses doigts le visage du gamin et fait un petit : Bang ! Bang ! Avec un clin d'œil mauvais. Puis il croit conclure, allez, ça suffit comme ça, filez maintenant, mais l'homme appelé Braco a entendu le bang, bang, dans son dos, il a perçu l'effroi supplémentaire du gamin collé à lui, immédiatement communiqué, comme si ces deux corps si étroitement serrés ne formaient momentanément plus qu'un.

Et le coup (tandis que ce géant, quand il est entré dans le restaurant et qu'il s'est entendu appeler si fort Braco, a ressenti tout d'abord, dans cette région qu'on nomme le cœur et qui se situe parfois dans le corps tout entier et par rayonnement quelques invisibles centimètres au-delà, une douleur fulgurante puis, quand il s'est avancé sous la galerie et qu'il a vu la chute du gamin dans le vide, une émotion violente introduire dans les cellules qui le composent l'amour pour ce gamin et contre tous), le coup est parti, parti du pied, en pleine volte-face du géant nommé Braco obéissant à un invincible instinct ou peut-être à la volonté muette de Chucho, le tibia du géant meurtrissant violemment la hanche de Bruno,

31

Bruno tombant, volte-face à nouveau du géant et de Chucho agrippé à lui, et la chère chaussure brun cannelle lestée d'un pied fort et propulsée par un musculeux mollet frappant l'autre gardien au bas-ventre alors que Bruno déjà relevé jette droit devant lui son poing, au milieu du grand dos, suscitant aussitôt l'intervention de deux amateurs de rixe jugeant l'occasion bonne de calmer le jeu, s'interposant et prenant, pour l'un, en pleine face, un coup de poing maladroit de Bruno et se mettant eux aussi à frapper les deux gardiens, et le géant, dans l'enthousiasme, un coude dans le nez faisant couler le sang, un crochet du géant dans la face du nouveau venu provoquant l'agglutination de trois autres, manifestement copains et anglais, puisque des *fuck off* et des *goddam* parmi d'autres noms d'oiseaux volent à présent avec les coups. Chucho ferme les yeux, la tête lovée dans le cou de taureau et protégée sous une paume de Braco, qui lutte à une main dans la bagarre où maintenant une dizaine de clients, Anglais et Allemands, se battent indifféremment et probablement pour le plaisir. Le gardien au bas-ventre endolori s'est couché et serre les jambes du géant, tandis que Bruno tente de le déséquilibrer, de le renverser, mais rien n'y fait, et d'une talonnade exacte le géant tuméfie maintenant l'arcade sourcilière du gardien couché, lui écrase la main, s'empare de Bruno, lui serre la nuque entre son pouce et le reste de ses doigts, fermes et forts comme la gueule d'un chien de combat. Plié en deux, Bruno cherche à donner encore des coups de pied, mais le géant lâche prise avec une violente poussée et Bruno est au sol, la chaussure cannelle si bien appliquée sur sa hanche qu'il s'en trouve tout immobilisé, et piétiné par la bagarre. Un type énorme hurle soudain avec un accent britannique :

— ¡ *Cerveza para todo el mundo!*

Déclenchant des éclats de rire et, en quelques secondes, la fin de la rixe.

Le géant et l'enfant ont disparu.

6

La population du restaurant se prépare à raconter l'événement et assiste à la remise sur pied générale, au redressement des deux gardiens et à tout ce que ne voient pas l'homme nommé Braco et Chucho, juché maintenant sur ses épaules, courant dans les ruelles.

Le géant, que personne pourtant ne pourchasse, continue de courir, la manchette de sa chemise collée au nez pour éponger le sang qui en coule ou qui en a coulé.

Il court, on dirait qu'il fuit son ombre. Chucho, onze ans, ballotte sur ses épaules. Ils passent devant l'ancienne cathédrale, traversent un axe, au rouge, dans les voitures, le géant, courant toujours et sans fin dans le quartier de la Ribera, franchit un boulevard encore puis s'engage dans une longue rue qui descend droit vers la mer, à travers la Barceloneta, droit vers la mer bleue, courant sans fin, courant droit vers la mer blanche et le ciel mauve, la rue des pêcheurs, courant, droit vers la plage molle et le sable fin, chaud, où, à bout de course, l'homme se laisse rouler. Chucho, roulant au-delà. Tous deux se regardent. Riant faux.

Les baigneurs voient les deux nouveaux venus ; eux, ne voient pas les baigneurs.

Puis l'homme reprend son souffle.

Sur sa grande figure de veau se lisent la perplexité et la honte.

Le gamin l'entend :

—Je suis désolé, Chucho, tu sais, je n'avais pas compris... à quel point tu étais un enfant...

Baigneurs de tous poils, maillots de toutes couleurs. Familles sous parasols, boîtes frigorifiques. Ballons, nus, peaux brunes, peaux blanches. Téléphones, lotions, chaleur. Ligne très au-dessus de la ligne d'horizon : le couloir aérien et, minute après minute, un avion succédant à un autre dans la descente vers l'aéroport. Immobilité mobile sur l'eau lointaine de lourds navires frappés de soleil, paquebots de croisière, cargos de conteneurs, tankers de pétrole, voiles plus légères de plaisance.

Sable blanc, brun, gris, noir, tous les tons de grains mélangés dans le creux de la main de Chucho, qui en a saisi une poignée et le fait s'écouler en desserrant les doigts. Il est assis sur les talons, le sable coule et forme une humble pyramide entre ses genoux repliés.

—Je suis profondément désolé, je ne me suis pas rendu compte, Chucho.

Mais Chucho s'est refermé. Subitement. Il ne parle pas et ne semble plus disposé à parler jamais. Il a enfoncé un doigt dans le sable et il ne bouge plus. Par jeu, l'homme assis en face finit par lui lancer au visage une poignée de sable.

Chucho se contente de déplier les jambes et de les tendre devant lui. Sur la pointe de sa chaussure gauche, une tache rouge. Du sang qui coulait aux narines de l'homme, quand Chucho tressautait à califourchon sur ses épaules. Chucho se crache dans la main et s'efforce d'effacer la souillure rouge. Il ne fait que la rosir.

Avions dans le ciel. Chucho tourne le dos à la mer. Et l'homme voit sur ses joues d'enfant rouler une larme, puis une autre, puis une autre, et la lèvre de Chucho se relever et grimacer sous le pleur.

Avion dans le ciel, puis un autre, puis un autre. Rumeur des vagues. Bruits tellement humains de la plage.

Enfin, Chucho parle :

— Je dois dire merci pour tout à l'heure, au Burger King.

Le soi-disant Braco est humilié. Il n'a pas du tout le sentiment d'avoir sauvé ce gamin, plutôt absolument le contraire. À cause d'hier, à cause de dimanche dernier, à cause du samedi avant dimanche dernier.

« Braco », on se fait appeler comme ça, on s'invente un nom pour ce genre de choses. Il ne lui avait jamais semblé que ce gamin était un gamin, un enfant. Plutôt un petit malfrat quelconque, un jeune, un garçon à tout prendre sympathique qui vit dans les mauvais milieux et qui se fait de l'argent de poche en racolant des clients classieux pour une pute qu'il connaît, une voisine de palier, une copine de sa sœur. Allez savoir. Un petit mac du mois d'août, quoi. Quand le sang bout, on ne s'encombre pas de considérations humanitaires. On n'est pas hypocrite. On sait ce que le désir peut supposer, on ne ferme pas les yeux, on porte son monstre sur son dos.

On se choisit un nom, on se fait appeler Braco, mais c'est par prudence, et puis c'est l'usage. Le nom civil n'importe pas pour ce genre de choses. Personne n'en veut. Ni d'un côté ni de l'autre. Mais pour un enfant, bon Dieu, c'est différent.

Le saignement au nez du Braco s'est tari. Aucun des coups qu'il a reçus ou donnés ne lui laisse à présent de douleur. Seules persistent comme des brûlures la sensation de sa chemise qui tirait à son cou et, sur les omoplates, sur les épaules et sur les hanches, les zones où Chucho a pesé, s'est serré, agrippé avec une force qui paraît maintenant incroyable.

Avions dans le ciel, l'un après l'autre. À d'autres endroits de la Terre, ce sont des missiles qui passent avec cette régularité. Objets volants chargés de vies, objets volants chargés de mort. Le même ciel bleu. Un aéroport bordé de palmiers, une ville devenant champ de ruines hérissé de poutrelles brisées et de squelettes d'immeubles. Et d'enfants qui pleurent, nom de Dieu, comme Chucho. D'innocences brûlées, de destins dévastés, d'effroyables vies devant soi, de consciences noires, profondes et sourdes comme des trous d'obus, de linges blancs tachés de sang, de sensibilités mutilées. Des millions de tonnes de péché larguées par avion pour éventrer et calciner des villes blanches baignées de soleil et truffées d'ombre où des enfants comme Chucho expient pour d'autres des fautes dont l'énormité échappe même à leur faculté de fauter. Le Braco se sent horriblement le ventre d'un bombardier qui s'est vidé. Et la joie des démons qui le pilotaient.

La tache rosie qu'il voit sur la chaussure de l'enfant éveille en lui une envie de prendre le monde de toutes ses forces, de l'écraser et de l'envoyer le plus loin possible dans l'immense poubelle noire du cosmos.

Mais il prend du sable et le jette sur le côté.

— Chucho, pour ce soir, il y a rendez-vous ?

Chucho, les jambes repliées, le menton dans les genoux, les joues séchées par le soleil et un peu de morve sur la lèvre, a les yeux levés vers le ciel. Il ne parle pas.

— Chucho, pour ce soir… Elle m'attend ?

Chucho, sans réaction. Il renifle. L'homme sort de la poche de son pantalon de toile un mouchoir blanc à monogramme brodé et le tend au gamin. L'enfant s'en saisit, se mouche, le chiffonne et le garde dans sa main.

— Comment tu veux qu'il y ait rendez-vous, salaud !

— Non, je…

L'homme change de position, tourne la jambe, s'assoit sur l'autre fesse.

—Je veux dire… l'envie est partie, ça ne m'intéresse plus.

Et Chucho, toujours les yeux dans le ciel mais la voix chevrotante :

— Tu mens.

— Chucho… je… tu sais… D'abord, appelle-moi Hans, c'est mon vrai nom. Hans.

—Je vais te balancer aux flics.

— Qu'est-ce que tu dis, là…

Le visage toujours tourné vers le ciel, Chucho se remet à pleurer, solide, immobile.

— Mais qu'est-ce que tu me racontes là, Chucho ?...

Un sanglot éclate sur le visage de l'enfant, déchargeant deux épaisses lignes de morve sur sa lèvre, qui se crispe et se relève. L'homme se redresse vivement, s'agenouille près de Chucho, le prend dans ses bras, lui tient la tête dans son épaule.

— Chucho, petit, qu'est-ce qui t'arrive ?

Chucho, blotti, mord l'homme dans le gras sous l'épaule, mais l'homme ne bronche pas.

— Arrête, Chucho, arrête. Dis-moi ce qui se passe.

Chucho, entre les sanglots :

— C'est quand même pas toi qui l'as découpée, hein ?

— Quoi ?

— C'est quand même pas toi qui as été mettre son estomac dans une autre rue ?

Chucho le mord à nouveau.

— Qu'est-ce que c'est que ce bordel, Chucho ? Et puis, parle moins fort !

Chucho, prenant ce mot directement pour un aveu, se dégage des bras de l'homme, le repousse, se dresse sur ses pieds comme un ressort et tout en marchant à reculons se penche en avant et pointe du doigt celui qu'il accuse.

— C'est toi ! Salaud ! Tu étais avec elle hier soir, t'en auras profité qu'elle était en cachette alors tu l'as tuée à ton aise, salaud, je sais bien qu'y en a qui font ça, mais moi je sais que c'était toi qui étais avec elle hier soir, et je vais le dire à Belito et il va te tuer, et il va te tuer !

Et à reculons la marche devient course.

— Assassin ! Assassin ! Assassin !

Et l'homme se relève, et Chucho fait volte-face et s'enfuit, et l'homme le prend en chasse, traversant quelques groupes d'individus qui prennent le soleil sur des draps de bain et dont la tranquillité était déjà perturbée depuis un moment. Chucho court maintenant, tournant parfois la tête en arrière et voyant son poursuiveur gagner du terrain. Chucho zigzague, oblique, quitte le sable, accélère sur les pavés, mais avant qu'il ne s'engage dans la rue où passent des voitures, la main du géant l'a saisi au cou et l'immobilise. Le géant le prend sous son bras comme un sac, tourne la tête, jette un regard inquiet vers des baigneurs qui, alertés, se sont levés et font mine peut-être de vouloir intervenir. Avec Chucho sous le bras, il prend la fuite.

7

Après avoir deux, trois fois tourné dans les ruelles de la Barceloneta, le prénommé Hans s'arrête et pose Chucho sur ses pieds. Au-dessus d'eux, accrochée au balcon, une fleur de vent en plastique rouge, bleu, jaune, vert, tourne sous l'effet de la brise. Hans tient fermement le petit par les épaules, qui ne se débat pas.

— Maintenant, gamin, on va se calmer. D'abord, je te rassure, je n'ai jamais tué personne. Ensuite, je ne suis au courant de rien, dans cette histoire. Alors tu vas me raconter ce que tu sais, très calmement, tout va bien. Et mouche-toi.

— J'ai perdu ton mouchoir.

Le petit se frotte le visage d'un revers de main.

— Arrête, c'est dégueulasse.

Et Hans commence à ôter sa chemise blanche.

— Au point où elle en est…

Il tire une manche, puis l'autre, de sa chemise mouillée de sueur et tachée de sang. Il y mouche le gamin, le débarbouille, jette la chemise dans le caniveau. Sur sa vaste poitrine couverte de poils blonds, il indique au gamin les marques sanglantes de sa morsure.

— Tu es fou, toi, hein, regarde ce que tu m'as fait.

Accroupi devant Chucho et le tenant à nouveau par les épaules :

— Raconte-moi. C'est quoi, ce cauchemar ?

— La Polaca... que je t'ai emmené voir hier...

— Hier, et la semaine passée, oui.

— Elle a été tuée. Découpée en morceaux. Il paraît. Son estomac, ils l'ont retrouvé dans une autre rue.

— Qui t'a dit ça ?

— Toni. La Dumbre me l'a dit aussi. C'est par Marta qu'elle le sait.

— Qui sont ces gens ?

— Toni, c'est un copain à moi. Il est plus grand que moi, il a treize ans, mais c'est un copain à moi.

— Treize ans. Et toi, tu as quel âge ?

— Onze.

— *Scheisse*... Bon. Ton copain Toni t'a dit ça.

— Et la Dumbre aussi. Elle, c'est une vieille pute. Elle est plus pute. Elle est trop vieille. Elle est débile et elle est iounqui.

— Tu sais ce que ça veut dire, junky ?

— Ça veut dire qu'elle est droguée. Je sais bien. C'est Belito qui vient lui faire sa piqûre. Et quand elle l'a pas, elle s'énerve et elle pleure.

— C'est qui, Belito ?

— Belito ? Ben, c'est l'homme.

— L'homme ? L'homme qui, l'homme quoi ?

— Faut pas que je dise tout ça.

— T'en fais pas, ça restera entre nous.

— C'est l'homme, c'est le mac, quoi, c'est le patron. C'était aussi le patron de la Polaca. Mais justement, la Polaca... justement la Polaca elle le doublait, avec moi.

Je lui trouvais un client, comme toi, quoi, riche, et alors elle faisait en cachette et elle pouvait garder l'argent.

— Et elle t'en donnait, alors.

— Oui, un peu. Et elle m'a acheté mes Nike, hier.

Chucho montre ses chaussures. Hans les regarde.

— Mais on dit toujours que c'est trop dangereux de travailler sans patron. Alors on faisait en secret. Et puis voilà, hier, il y a quelqu'un qui l'a tuée. Mais tu dis que c'est pas toi.

Sourcils froncés de Hans.

— Chucho, dis-moi franchement. Quelqu'un d'autre que toi sait que j'étais avec la Polaca, hier soir ? Réfléchis bien. C'est très important.

— Non, personne, puisque c'était secret entre elle et moi.

— Quelqu'un savait qu'elle travaillait en cachette ?

— Non, c'était secret.

— Mais… elle est la seule à faire ça ? Elle n'en parlait pas avec les autres filles ?

— Non, enfin, qu'est-ce que j'en sais !

— Et cette Marta, dont tu parlais ?

— C'est une pute aussi.

— Elle travaille pas en cachette, comme la Polaca ?

— J'en sais rien, moi. Moi, normalement, je ne sais rien. C'est juste la Polaca qui m'aimait bien. Elle était nouvelle, elle ne connaissait pas grand monde, alors moi elle m'aimait bien, on s'entendait bien.

— Elle était copine avec la Polaca, Marta ?

— Je ne sais pas. Pas spécialement. Mais je vis pas avec elles, hein.

— Justement, toi, tu vis où ?

— Ça dépend. Pour l'instant je couche chez la Dumbre. Mais quand l'école reprendra, je retournerai sûrement à la maison.

— C'est où, ta maison ?

— Chez Belito.

— Ben voyons !

— Quoi ?

— Non, rien.

— Tu vas à l'école ?

L'enfant se raidit brusquement, injurié.

— Évidemment ! Tu me prends pour un imbécile ? Et j'ai de très bonnes notes.

— C'est bien, Chucho, ça, c'est très bien. Et je veux que tu aies toujours de très bonnes notes. Moi aussi, à l'école, j'avais de très bonnes notes. C'est bien. Toi et moi on est pareils.

Chucho renifle.

— Dis-moi encore. Ton copain Toni, ou l'autre, là…

— La Dumbre.

— Voilà, ton copain Toni ou la Dumbre, ils n'avaient pas une idée sur qui a fait le coup ?

— Non. Ils ne m'ont rien dit.

— Bon.

— Mais s'ils savent que tu étais avec elle hier soir, c'est certain qu'ils diront que c'est toi.

— Faut pas qu'ils l'apprennent, Chucho. Faut surtout pas qu'ils l'apprennent. Tu ne le leur diras pas, hein ?

— Non, je leur dirai pas. Mais…

— Chucho, il faut absolument que tu ne dises rien. Promets-le-moi.

— D'accord.

Il soupire. Il a le front en sueur.

— Et puis, tu as conscience que, si tu dis quelque chose, Belito va comprendre ce que tu faisais pour la Polaca, et il va sûrement te punir…

Chucho se referme. Hans ajoute :

— … Et il n'a pas l'air tendre.

Chucho serre les poings.

— Chucho, je ne voulais pas dire ça, mais c'est la réalité. Tu es beaucoup trop jeune pour tremper là-dedans, c'est très injuste, mais c'est comme ça. Quelqu'un a été tué. C'est une affaire grave. Je ne veux pas qu'il t'arrive des ennuis.

— C'est surtout à toi que tu veux pas qu'il arrive des ennuis.

— Chucho, je ne t'ai pas sauvé, tout à l'heure, au Burger King ?

— Si.

— Alors, tu vois bien. On est ensemble, maintenant. Solidaires.

— Amis ?

— C'est ça.

Hans se relève, plie la nuque, la tête en arrière, et soupire. Il se frotte le front, lisse ses cheveux clairs, grimace, soupire encore.

— Et maintenant, Chucho, faut se changer les idées. Il faut, je ne sais pas, mais…

— J'ai soif.

— Tu as raison. Moi aussi. On va se trouver un magasin, on va acheter quelque chose à boire. Qu'est-ce que tu aimes ?

— Du Fanta.

— On va acheter un Fanta.

Hans prend la main du garçon et ils se mettent en marche.

Là-haut, la fleur de vent tourne encore. Ils marchent. Main dans la main.

— Tu sais, Braco, la Dumbre, tu sais pourquoi on l'appelle comme ça ? Parce que avant, il paraît, avant que ce soit Belito le patron, quand c'était encore le Navajon que je n'ai pas connu parce que je n'étais pas né, on l'appelait la Podredumbre [1]. Puis, quand c'est devenu Belito, et que de toute façon elle travaillait plus, Belito a dit qu'il fallait l'appeler la Pobre Dumbre [2]. Puis maintenant on dit la Dumbre. C'est pour ça qu'on croit que Belito est le fils de la Dumbre. Lui, il dit que non. Même la Dumbre, elle ne sait pas. C'est normal, elle est débile. Mais c'est ce qu'on dit.

— Faut que tu aies de bonnes notes à l'école, Chucho, faut vraiment que tu aies de bonnes notes.

1. « La pourriture. »
2. « La pauvre Dumbre. »

8

Ils marchent, main dans la main. Hans, grand, blond, un rien roux, torse nu, épais, des poignées d'amour sur les hanches et des poils jusque sur les omoplates; et le petit Chucho dans son tee-shirt noir. Chacun à son rythme et désaccordés. L'ombre sale des rues leur concédant peut-être le camouflage et la sécurité. L'enfant fait un rêve brun, sans forme et muet. Mais l'homme pense. Cette épaisse cage thoracique, ces épaules larges, ce cou d'animal et cette tête de rugbyman, cette taille serrée dans une ceinture de marque, ces jambes puissantes dans le pantalon de toile légère, ces pieds dans des chaussures de cuir fin, couleur cannelle, tout ce corps en marche et en mouvement, pesant sur la Terre et bougeant dans l'atmosphère, est l'objet d'une intense activité morale, qui le fait évoluer dans une dimension de la réalité qui n'a pas de dénomination établie, celle où les idées gonflent leurs formes, ouvrent leurs gueules, en laissant sur les visages d'inconscientes grimaces de peur et d'effroi. Il voit un box d'accusé, une cage en verre, comme au procès d'Eichmann. Il revoit une position de la Polaca et le va-et-vient contondant. Mais ce sont déjà des images de film. Il voit une ouverture de ventre, comme il en a vu mille, la palpitation des organes, inconscients qu'ils sont à découvert et remplissant leur office, ces couleurs roses, pourpres, laiteuses, les nappes de sang. Les stores verts tendus aux fenêtres dans la rue où il marche sont le vert du papier aseptisé des salles d'opération. Un chirurgien, en plus. Le suspect idéal. La Polaca éventrée. Personne ne sait, hormis Chucho. Il voit le gamin dans une cage, dans un sous-sol, bâillonné, encore des images de film, puis disparaissant. Il voit la Polaca et ses ongles roses discuter avec des policiers et disant : « J'avais volé son passeport, par sécurité, voyez, vous le retrouverez facilement. » Cauchemar. Il voit l'inspecteur Derrick accroupi près d'un cadavre et sortant d'un sac à main rose à chaînette dorée le petit livret lie-de-vin du passeport d'un citoyen allemand. Et Derrick, pensif et las, faisant « ja, ja, ja » derrière ses lunettes fumées. Hans s'arrête, lâche la main de Chucho, prend dans sa poche arrière son portefeuille et y trouve son passeport. Je suis un imbécile, de quoi ai-je peur ? Il reprend son chemin et Chucho reprend la main de l'homme.

— Tu veux qu'on passe à ton hôtel pour que tu remettes une chemise ?

Il veut connaître mon hôtel ! Il veut me pister ! Évidemment, la petite salope, il n'est pas bête.

— Non, non, ça va, non, je m'en achèterai une autre, c'est plus simple.

Il regarde Chucho du haut de son mètre quatre-vingt-quinze, le sommet de ce petit crâne, ces cheveux marron, il sent sa petite main moite dans sa grande main moite. Il voit le gardien moustachu, un bras en écharpe, témoignant contre lui au procès : « Un type extrêmement violent, regardez ce qu'il a fait de ma main, gratuitement. » Il voit douze jurés américains hochant le chef et Perry Mason défendant la partie civile, un épais Gitan avec des bagues à tous les doigts, assis, une guitare sur le genou et répondant au nom de Belito. La tête lui tourne atrocement. L'insolation. Peut-être.

— Tu n'oublies pas mon Fanta ?

— Il faut que je m'arrête un peu, m'asseoir à l'ombre. Reste avec moi.

Ils s'assoient sur un banc vert. Lui, un coude sur le genou, le front dans une main. Chucho, les jambes ballant, ne touchant pas tout à fait le sol, sauf parfois du bout de sa chaussure. Hans le tient par le poignet comme une preuve ailée à ne pas lâcher et qui peut à tout moment s'envoler jusqu'à l'oreille d'un policier. Retrouver son sang-froid. Dans quoi j'ai mis les pieds. Quel manque de pot. Rien que d'être mêlé à une affaire de mœurs, ça va clouer ma carrière. Et là, il crie à pleins poumons :

— *Scheisse !*

— Ça va ?

Ta gueule, môme de merde, qu'est-ce que t'es venu faire dans ma vie ! Pourquoi je t'ai vu, pourquoi tu m'as vu, pourquoi tu m'as dit : *Have sex with a blonde ?* Pourquoi j'étais chaud, nom d'un chien. Pourquoi je t'ai suivi, pourquoi je t'ai obéi, t'offrir un Coca dans ce petit bar, pourquoi tu me faisais marrer, pourquoi je me sentais fort, pourquoi j'ai pas flairé le piège ! Le banc où ils sont assis, dans la chaleur, colle au dos nu de Hans. Dégueulasse avec tes yeux fendus, tu dis *have sex.* Tu es pourri. Un Fanta, mon cul. C'est toi le porc, un loup déguisé en agneau, putain, c'est vieux comme le monde. Putain ! Mais j'ai une vie. Rien à voir. Vie, carrière, un poste qui m'attend. Putain. Je vais passer des mois, jugement, tout le bordel. Avec ces couillons d'Espagnols. Qu'il aille faire ses saloperies ailleurs, le Boche. Cauchemar. Retrouver son sang-froid. Dans quelle merde j'ai mis les pieds. Maman! Une voiture de police passe devant eux, s'éloigne. C'est pas vrai, c'est pas vrai. Et j'ai protégé ce petit porc, et j'ai fait les héros, et je l'ai tenu dans mes bras, et il m'a mordu, vipère, et je le tiens dans ma main, tout juste s'il ne m'appelle pas papa, je vais l'écraser, l'écrabouiller, je vais tout perdre à cause de lui et à cause de trois passes avec une salope de l'Est. Je vais me châtrer, ça ne m'arrivera plus. Putain de putain, si je m'étais marié avec cette petite Turque de merde il y a cinq ans je n'en serais pas là. J'aurais deux mômes, j'irais derrière une poussette dans le grand souk d'Istanbul, vacances chez les beaux-parents, vie rangée. Et aucun petit fils de pute ne me repérerait pour venir me glisser *have sex with a blonde*. La nausée le prend, maintenant. L'insolation, sûrement.

Un infect dégoût lui envahit l'estomac, la bile lui remonte à la bouche. Il se lève précipitamment, court vers un arbre, s'y appuie et subit les irrésistibles soubresauts du vomissement. Dans le carré de terre ouvert dans le trottoir où le tilleul est planté, l'esprit lessivé de Hans ne peut s'empêcher de reconnaître quelques morceaux intacts de son dernier repas, des grains jaunes de maïs, la queue courbe d'une grande crevette rose.

Il n'a plus de mouchoir pour se sécher les lèvres, pas même une manche de chemise.

Quand il relève la tête, il voit le banc. Vide. Chucho a disparu.

Éruption générale de la colère.

— *Scheisse! Hurensohn! Wo bist du? Feiger Hund!*

Fou :

— Tu as regagné ton camp, pourriture ! Tu es des leurs et tu en resteras ! Petite ordure ! Mais tu ne peux rien contre moi !

— Braco…

L'homme se retourne. Derrière lui, la voix, la bouche, le garçon planté dans ses chaussures blanches, lui tendant une serviette vert et jaune.

— J'ai été chercher ça, là, dans le bar. C'est pour ta bouche, je ne suis pas parti, c'est pour ta bouche, comme tu es malade…

Hans a dans les yeux les larmes et le picotement qui succèdent au vomissement.

Il prend la serviette, se frotte la bouche, le visage, s'éponge la nuque en sueur et tout le torse.

— C'est le soleil. Je devrais porter un chapeau, une casquette, quand on est blond comme moi, toi t'as pas ce problème.

Chucho le regarde sans expression.

— Oublie ce que j'ai dit, gamin, j'ai perdu les pédales. Tout va bien.

Ils sont dans une longue rue droite de la Ribera, bordée de tilleuls, un banc de temps en temps, l'alignement des façades faisant de la rue peut-être un couloir, un corridor, et de la ville peut-être une seule grande maison à l'intérieur de laquelle une seule grande famille…

— Nous sommes tous des fils de pute, Chucho. Moi le premier.

— Ah oui ? Une pute allemande ?

— C'est une façon de parler.

Hans se gratte, une démangeaison au cou.

— Où tu as eu cette serviette ?

— Là, sur le coin, dans le café.

— Bon.

Hans pèse deux fois son poids. La marche lui fait mal aux rotules. Il se gratte, une démangeaison au bras.

9

L'intérieur du bar est d'une saleté crapuleuse. Une bête court sur le comptoir.

— Merci pour la serviette.

Ils s'installent. Leur table est ronde, en fer et en osier, recouverte sur le plateau d'azulejos peints représentant ensemble un grand singe velu tenant une bouteille. Il y a du monde en terrasse, mais à l'intérieur, personne. Le patron, qui porte dans les rides et dans sa gueule édentée le souvenir de tous les ports du globe et du scorbut, pose devant Chucho un verre de Fanta planté d'une paille.

— Il y avait des puces dans votre serviette ou quoi ? Je me gratte au sang.

Et devant Hans un verre plus bas et plus large de whisky sans glace.

— Si vous avez des puces, dehors !

— Bah, fais pas attention. Mais dis-moi, qu'est-ce que tu vas faire maintenant, Chucho.

— Je sais pas. J'ai envie de rester avec toi.

— Raconte-moi quelque chose, alors. Comment ça se passe chez vous. Ce Belito dont tu me parlais, dont tu disais qu'il allait me tuer…

— Je voulais pas dire ça.

— Peu importe, petit. C'est un mac, tu dis, Belito. Et il tue des gens ?

— Non, je sais pas. Mais il défend ses filles.

— Et c'est quoi, ce prénom : Belito. Jamais entendu ça.

— C'est son nom. Ça ne veut rien dire. C'est pas un prénom. Mais tu sais, si c'est la Dumbre sa mère, si c'est elle qui lui a donné un nom…

— Et toi, Chucho, c'est quoi comme prénom ?

— C'est bizarre aussi. Il y en a qui disent, ça veut dire un chien. Mais ça veut dire aussi un beignet. Et le prêtre il me dit qu'à Cuba c'est un petit nom pour Jesús.

— C'est sûrement ça la vérité, crois-moi. Et c'est qui, le prêtre ? Tu connais des prêtres, toi ?

— Le prêtre, c'est pas un prêtre. On l'appelle comme ça parce qu'on dit qu'il devait devenir prêtre. Il a fait des études pour ça. Je l'aime bien, c'est un gentil. Mais tout le monde se paie sa gueule parce qu'il est pédé comme un phoque. Il travaille pour Belito aussi, côté hommes. C'est le seul. Je le trouve très beau. Il a l'air indien, comme ça, parce que ses parents étaient pakistanais. Ils tiennent un restaurant tout près d'ici. Un restaurant de riches. Tu connais peut-être ? Le Rajah.

— Non.

— J'aime bien parler avec toi.

— Mais oui, Chucho.

— Ses parents veulent plus le voir. Mais moi, je l'aime. Il m'apprend beaucoup. On parle. Il n'y en a pas beaucoup d'intelligents comme lui. Et comme moi. Alors on parle ensemble. Par exemple, il m'explique qui est Dieu. Forcément, c'est son truc. Tu connais Dieu, toi ?

— Tu sais, moi…

— Quoi?

— Tu sais, je suis médecin. Chirurgien. Ça veut dire que...

— Ça veut dire que tu ouvres le ventre des gens.

— Exact.

— Comme pour la Polaca.

— Mais tu sais que ce n'est pas moi!

— Reste à prouver.

— Chucho!

— Je rigole.

— Tu as onze ans, et tu me fais marcher... Tu as de l'avenir, toi.

— Oui.

— Bref. Rapport à Dieu, comme je suis chirurgien, je sais comment fonctionne un corps, comment la vie fonctionne, ça devient difficile de trouver là-dedans la place de Dieu, tu vois.

— Le prêtre dit que les pauvres connaissent Dieu et que les riches ne le connaissent pas. Alors, c'est normal.

— Il me semble que c'est plus compliqué que ça. Tu as déjà tout bu? Tu veux encore un Fanta?

— Oui.

Et Hans, en se grattant les basses côtes, passe la commande au vieux patron.

— En somme, en me faisant appeler « Braco », j'étais plutôt dans le ton. Braco, Belito, Chucho...

— Ça veut dire quoi, « Braco » ?

— Rien, que je sache. C'était le nom d'un chien que mes parents avaient quand j'étais petit.

— En Allemagne?

— Oui, en Allemagne. Un gros chien, un berger. Un jour, il a sauté la barrière, on ne l'a jamais retrouvé.

— Alors, il vit peut-être encore ? Quelqu'un l'a peut-être recueilli.

— Depuis le temps ! Mon père soupçonnait un fermier. Tu sais, on vivait dans un village, à la campagne, et là-bas un chien lâché tout seul dans la nature, les fermiers ont leur carabine. Le soir, ils entendent un chien qui s'approche de la ferme, qui rôde, pan ! On n'en entend plus parler.

— Il était fermier, ton père ?

— Non. Médecin. Comme moi. Tu permets un instant ?

Hans se lève, marche entre quelques chaises vides et pousse une porte malade, qui doit mener aux toilettes. Chucho suce à bout de paille ce que la fonte des glaçons maintient du souvenir de la limonade. Sous ses coudes et sous son verre, dans ce bleu de cobalt inoubliable des dessins d'azulejos, le terrifiant visage du singe velu, barbu, sa queue comme un serpent, cette bouteille énigmatique dans ces mains d'étrangleur, le point obscur du nombril, s'immiscent en lui, l'impressionnent, se cachent et se réservent dans les recoins de sa mémoire pour resurgir plus tard, à la bonne disposition de l'angoisse, nouveaux soldats à ses ordres, et se mêlant déjà aux traits ténébreux du vieux patron, à l'aspect même de son antre. Couleurs, odeurs, toutes les sensations ont un visage et une personnalité quand l'angoisse les réveille, une voix et un rôle ; elles se combinent, se métamorphosent, de deux deviennent une, ou d'une mille ; animées, inanimées, qu'importe, l'angoisse les fera sortir de terre dans ce pays intérieur et noir que les enfants identifient à la nuit et que tout séjour prolongé dans un lieu sombre transforme en expérience de l'enfer. « *Anís del mono* », ces lettres que Chucho lit aux pieds de l'animal, et qui en révèlent la fonction d'emblème et de publicité, lui rappellent que ce singe est celui qu'il voit et connaît depuis toujours sur les bouteilles de liqueur d'anis, auquel le surnaturel agrandissement donne l'air d'avoir surgi, bondi, jailli, de s'être soudainement jeté sous les yeux de Chucho. Chucho pose ses deux petites mains sur la tête du grand singe, mais sans parvenir à la masquer complètement. Il change la position des mains, mais il reste toujours un œil, une oreille, un peu de barbe qui échappent à l'écran.

Le gamin prolonge son jeu, pose une main puis l'autre sur les diverses parties du dessin, et sa rêverie part vers ce qu'il peut imaginer d'une ferme dans la campagne allemande, collines, champs de blé, montagnes, mer, avions, mouettes, side-car de la Gestapo, chevaux, bière, tirs de penalties, l'équipe du Bayern Munich, du vent, beaucoup de vent, le bruit du vent, la fraîcheur du vent soulevant les cheveux, des chiens qui s'appellent Braco et qui ramènent, quand on claque des mains, de grands tibias roses de la Polaca en travers de la gueule. L'énorme cabochon de turquoise, gros comme un scarabée, passé au doigt du vieux patron, vient s'interposer entre Chucho et l'Allemagne et reprend le verre vide si brusquement que la paille, que l'enfant mordillait encore, lui remonte dans la bouche et lui griffe le palais.

— ¿ *En vols més*[1] ?

Chucho fait signe que non.

1. « Tu en veux encore ? »

10

Le grand torse nu de Hans reparaît devant lui. Et par-dessus, un visage nouveau, clair, lumineux, rassurant, serein, paternel, avec dans le regard une clarté où Chucho entrevoit le bleu du ciel, un side-car et une ferme allemande.

— Chucho, j'ai bien réfléchi. Je voudrais t'aider. Un hasard a fait se croiser nos chemins. Je ne suis pas du genre à laisser pisser le destin. J'ai toujours fait comme ça. Il ne faut pas que je change. Tout à l'heure, j'ai cédé à un mouvement de panique. Mais c'est fini. Moi, je ne risque rien. Je suis innocent. Et je veux que tu saches que je te fais confiance et que tu peux compter sur moi. Pour l'instant, je traverse un moment de chance, dans ma vie. Plus tard, tu verras, il y a beaucoup de moments de chance dans une vie, pour ceux qui savent la saisir, l'attraper par les cheveux chaque fois qu'elle passe. Toi, dis-moi, quel est ton plan, qu'est-ce que tu vas faire ?

— Je sais pas. J'aimerais que tu m'emmènes avec toi.

La mâchoire de l'homme s'ouvre d'un cran, sous le coup de la surprise.

— Chucho… c'est peut-être un peu beaucoup, ça. Réfléchis, tu as ta vie ici, tes amis, l'école…

— Justement. Emmène-moi avec toi dans ta ferme en Allemagne.

— Chucho… D'abord, je n'ai pas de ferme en Allemagne.

Hans se gratte les cheveux.

— Ensuite, comme je te l'ai dit, je traverse un moment… je ne retourne pas en Allemagne, je pars. J'ai un nouveau poste qui m'attend. À New York. Tu vois, ce n'est pas possible.

— À New York? À New York en Amérique? Emmène-moi à New York!

— Mais, Chucho, réfléchis… Je ne peux pas t'emmener comme ça à New York.

— Alors, tu ne veux pas m'aider.

— Si, au contraire, mais…

— À quoi tu peux m'aider, alors?

— Je ne sais pas. C'est pour ça que je te le demande.

— Tu vas me donner de l'argent?

— Par exemple.

— Et tu crois que j'ai besoin d'argent!

L'enfant se met en colère et son visage se plisse, se tord.

— À quoi tu vas m'aider? Tu vas aller voir Belito? Lui expliquer? Lui dire que t'étais avec la Polaca!

Il parle avec des mouvements de main, les dix doigts écartés.

— Emmène-moi à New York.

— Chucho, tu es un enfant, je ne peux pas t'emmener comme ça.

— Si je n'étais pas un enfant, je n'aurais pas besoin de toi, j'irais tout seul à New York.

— Mais non. Tu sais, il faut des papiers, un passeport.

— J'ai un passeport.

— C'est vrai ?

— Oui. Je peux avoir autant de passeports que je veux. On en vend, nous, des passeports. Pour les Chinois, pour les Noirs. J'en ai un comme ça...

Il claque des doigts.

— ...si je veux. C'est le prêtre qui sait les faire.

— Et puis... non... tu es un enfant, il faut une autorisation de tes parents...

— Je n'ai pas de parents. Mais je peux avoir une autorisation.

Il claque à nouveau des doigts.

— Comme ça.

Avec du défi, de la joie et l'éclair de l'espoir dans ses prunelles noires comme la nuit.

— Emmène-moi à New York !

— Et il te faudrait un billet. C'est en avion qu'on va à New York.

— Tu as dit que tu voulais bien me donner de l'argent.

— Et à New York, qu'est-ce que tu ferais ?

Avec une irrésistible inflexion dans l'aigu, et ouvrant les deux petites mains pour montrer l'évidence :

— Je serai avec toi !

— Mais... je ne suis pas ton père. Sois sérieux.

— Et tu crois que Belito, c'est mon père ?

L'enfant le regarde, grave, puis part d'un rire cristallin.

— En admettant, Chucho. Mais si je t'emmène, avec des faux papiers, une fausse autorisation, je me retrouve en tôle.

— Et si je dis à Belito qu'hier soir...

60

Et l'enfant comme un gangster fait de ses mains deux revolvers.

— Bang! Bang!

L'homme rit jaune.

— New York! Al Capone!

— Non, Al Capone, c'est Chicago. Et il est mort depuis longtemps. New York, Chucho, c'est trois meurtres par jour et une personne sur cinq dans la misère.

— Et alors? Tu crois que moi, Barcelone, c'est mieux?

— Et puis, on parle anglais.

— Mais aïe spikin english!

— C'est ça.

— Et j'apprendrai.

— Tu ne parles pas sérieusement, petit. Tu ne te rends pas compte. Tu ne peux pas te rendre compte.

— Moi, je ne veux pas rester ici. J'ai peur, ici. J'ai peur de Belito. J'ai pas envie d'avoir douze ans et d'aller à la ferraille.

— Aller à la ferraille?

— Quand j'aurai douze ans, je devrai aller à la ferraille. Comme Toni. Le soir, la nuit, aller démonter les rails ou les fils électriques au-dessus des trains. C'est dangereux. Et on doit se battre avec les Gitans, on les a au cul.

— Pour quoi faire?

— Pour les vendre, malin! Tu sais ce que ça vaut, un rail? Faut voler les croix de bronze dans les cimetières, les dessus de poubelles, les gouttières, les plaques d'égout. Je sais bien, un jour j'ai été avec Toni, pour voir. Même les panneaux de signalisation, faut les prendre.

Hans se plonge le front dans les mains. Il murmure à part lui.

— Nom de Dieu de nom de Dieu.

Une pitié tiède serpente dans ses veines, lui monte à la tête. Sournoise, fragile, comme une volupté.

— Et tu crois que Belito, il me laissera aller à l'école jusqu'au bout ? Il se méfie de l'école, Belito. Dès qu'on sait lire, écrire et compter l'argent, pour lui, ça suffit. Après, savoir si Al Capone c'est à Chicago ou à New York, il aime pas. Il se moque de moi quand j'ai des bonnes notes. Les autres aussi. Ils disent que c'est parce que je suis un pleureur que j'ai des bonnes notes.

— Chucho. Non. Ce n'est pas possible. Ce n'est pas possible.

— Mais oui ! Tu veux m'aider ou tu ne veux pas m'aider ? On est amis ou on n'est pas amis !

— Chucho. Chucho. Il faut que tu me laisses du temps pour réfléchir.

— Emmène-moi avec toi à New York.

— Laisse-moi un tout petit peu de temps pour réfléchir.

— Tu dis ça parce que tu ne veux pas m'emmener. Parce que tu veux partir tout seul.

Et il ajoute :

— Comme un lâche.

Hans se gratte entre les reins.

— Quand est-ce que tu pars, Hans ?

— Hans ? Tu m'appelles Hans, maintenant.

— Quand est-ce que tu pars ?

— La semaine prochaine.

— J'ai le temps. Le prêtre peut faire tout en quelques jours. Et l'école ne reprend qu'en septembre. Pas de problème. Marché conclu, Hans.

— Mais comment tu parles, Chucho !

— Comme un qui va devenir un de New York !

Avec un sourire vague :

— C'est vrai que, comme je te vois, tu pourrais aller loin.

— Le prêtre me le dit toujours, que j'ai de l'avenir ! Que je ne dois pas moisir ici. Il sera triste, le prêtre, si je pars. Parce qu'il va se retrouver seul. Mais il sera heureux, j'en suis sûr. Je lui écrirai depuis New York. Sans mettre notre adresse, pour qu'on ne puisse pas nous retrouver. Hein ? J'irai à l'école. Je serai bon. J'aurai de très bonnes notes, comme toi, comme tu m'as dit. Après je deviendrai un homme d'affaires, ou un médecin, comme toi, comme ton père. Et puis, je jouerai au basket ! C'est au basket qu'on joue, là-bas, pas au foot, pas vrai ? Au foot, je ne suis pas mauvais. Au basket, ça ira aussi. Et puis, et puis… je jouerai de la trompette. Belito ne veut pas que j'apprenne la trompette, ça fait trop de bruit. Pour lui, c'est la guitare et puis c'est tout. Pas de trompette. Mais toi, tu voudras bien que j'apprenne la trompette, pas vrai, Hans ?

— Bof. Si ce n'est que la trompette…

L'enfant fait avec ses doigts comme s'il jouait de son instrument. Puis :

— Tu vois ! On part à New York la semaine prochaine ensemble. J'arrange tout. Toi, tu dois acheter le billet, c'est facile. Et plus de Polaca, plus de Belito, plus de ferraille ! Je ne leur dirai rien. Le prêtre ne dira rien non plus, j'en suis sûr. Il n'y a aucun problème.

Hans vide son whisky.

11

Et tel le lent cobra dangereux, incertain, sortant en sifflant d'un panier, une brève phrase se glisse et chuchote entre les lèvres de Braco :

— Bon, eh bien, d'accord, Chucho, on va essayer.

Chucho, triomphant :

— Fanta pour nous deux ! Avec des pailles !

Chucho se rejette en arrière et fait se balancer sa chaise.

— Aïe wonno fok yor mom !

— Tu sais ce que tu dis, là ?

— C'est de l'américain !

Le grand cabochon de turquoise pose sur l'affreux singe les deux verres pleins de limonade, avec des pailles de plastique blanc ornées de bandes multicolores. Chucho suce avidement, s'interrompt pour libérer un renvoi, boit à nouveau. Hans fait tourner le verre froid et mouillé de condensation entre ses doigts, se gratte de l'autre main dans la poitrine velue, sur le sein. Il laisse pendre son regard sur les carreaux du sol où un cancrelat châtain de quatre centimètres agonise sur le dos, remuant lentement pattes et antennes et montrant son ventre de cigale ou de crevette. Chucho rote une deuxième fois, grimace et lâche un troisième renvoi, interminable.

— Bon! Moi, je rentre. J'essaie de voir le prêtre au plus vite et demain je te dis quoi. Où est-ce qu'on se retrouve?

Hans lève les sourcils.

— Eh bien, disons à mon hôtel, c'est le plus simple. Mais pas un mot!

— Tu me prends pour qui! Il est où, ton hôtel?

— Sur le passeig de Gràcia, au coin de Diputació. Un très gros bâtiment d'angle, arrondi.

— Je vois. Avec une statue sur le toit.

— Exact. Mais pas un mot, petit, pas un mot!

— Évidemment.

— J'avertirai la réception, qu'on te laisse passer.

— Parce que s'ils sont comme au Burger King...

Chucho se lève d'un bond.

— À quelle heure, Hans?

— Comme tu veux. C'est toi qui vois.

Le petit réfléchit, les yeux ouverts, pleins de lumière.

— Eh bien, disons midi. Et si je ne suis pas là à midi, alors 18 heures.

Hans se lève, sort son portefeuille pour régler l'addition au vieux patron, qui se tient près d'eux, un ticket à la main.

— Oh, Hans, donne-moi un peu de sous.

— Tu veux combien?

— Un pièce de deux euros. Non. Deux pièces. Pour être sûr.

Chucho les glisse dans sa poche de droite, celle où il n'y a pas de trou. Hans a sur le corps du sang, aux endroits de son prurit. Espèce de lèpre soudaine, comme si un animal invisible au bec avide l'avait picoté.

Ils sortent. Chucho tire sur le bras de l'homme et lui met dans la joue rugueuse un rapide baiser. Hans s'est rasé de frais ce matin, mais la barbe d'un homme repousse vite. Et c'est avec cette brûlure sur les lèvres que Chucho s'éloigne et disparaît dans la ville, comme de l'eau sur le sable.

12

Sur les lèvres, cette brûlure; et dans la tête, un nom qui tourne, monte et descend comme les chevaux blancs d'un carrousel : Hans, Hans, Hans, Hans, Hans... Il y a sur le corps du gamin maintenant plusieurs points de fortune : à ses pieds, ses chaussures de sport dont la tache rose ne lui fait plus rien, semelles de vent, d'air, d'esprit entre lui et le sol; sous son front, partout sous ses cheveux, le nom de Hans; dans ses yeux, sur ces deux iris foncés, ronds comme des mondes, des visions transfigurantes faisant des ballons de foot des ballons de basket, du trottoir un trottoir de New York, des stores verts des stores verts de New York, de l'avinguda Laietana l'avinguda Laietana de New York; sur sa poitrine les coups de son cœur; et dans sa poche deux pièces qui lui touchent la cuisse à chaque pas en avant.

Il va droit où il sait, la station de métro Urquinaona, station de métro Urquinaona de New York. Son rêve ne se fatigue pas. Il descend dans la bouche. Un peu avant les tourniquets de la station, il y a cette machine, à droite, la machine qu'il sait, où l'on entre en écartant un rideau rouge à l'extérieur, noir à l'intérieur. Il tourne à sa hauteur le tabouret sur vis. Il introduit une pièce et, en effet, la deuxième pièce dans la fente métallique, la machine dit bonjour, bienvenue, regardez la croix devant vous et touchez l'écran pour déclencher. Flash, première prise, flash deuxième, troisième, quatrième. La machine développe les photos, veuillez les recueillir à l'extérieur, n'oubliez pas votre monnaie, n'oubliez pas votre monnaie. L'accent catalan de cette machine a quelque chose de new-yorkais.

Sur les photos recrachées par la machine, Chucho est souriant comme jamais. Il y a même, sur la quatrième, une petite larme au coin de l'œil.

Il renifle. Les photos en main, il remonte les escaliers, sort du métro de New York, un nœud dans la gorge comme une orange.

Il ne se rend pas compte qu'il a faim, car la faim est l'état propre au désir et au rêve, que le désir et le rêve entretiennent et préservent. Le désir brûlant de vie n'aime que le jeûne. C'est une vérité ascétique dont tout grand dessein, toute grande aspiration ou inspiration fournit naturellement l'expérience. Le manger devient comme l'ennui, voire la défaite. On ne veut pas manger, et l'esprit fait pour nous cet effort qui nous ôte jusqu'à la pensée de nous nourrir. Et notre corps se réjouit de ne vivre que de rêve et de désir, et le léger vertige que la faim fait monter à l'esprit devient l'ouverture dans l'espace d'un espace d'hypersensibilité, de joie, de lucidité, d'intelligence et d'instinct, cette sensation qu'ont les artistes quand ils touchent au génie, qu'ont les enfants quand ils rêvent éveillés le monde fabuleux de leurs jeux et de leurs jouets, qu'ont les êtres désespérés et les malades quand il leur semble que la mort amie vient leur parler à l'oreille, qu'ont les enfants à naître quand ils sentent que l'utérus les presse et les expulse, qu'ont les saints quand la Grâce les blesse. Léger, euphorique, Chucho veut rentrer chez lui par les quartiers riches et, tant qu'à faire, passer devant l'hôtel de toutes les promesses.

Sur la Gran Via, ses semelles le portent. Les vélos volent près de lui comme des libellules, les voitures comme des avions, les motos comme des fusées. La chaleur s'est adoucie, le ciel a foncé, le soleil est bas, moelleux, et la lune, précoce et mangée, a fait son apparition de filigrane. Le vaste passeig de Gràcia s'ouvre là devant Chucho, rectiligne et interminable jusqu'aux montagnes du Tibidabo. Et la statue au pinacle du grand bâtiment arrondi annonce déjà bien plus qu'un hôtel. L'enfant pour la première fois observe attentivement cette statue, étrange, d'un jeune homme qui semble avoir une grande aile qui lui sort du derrière. En approchant, il comprend, il voit que c'est un aigle et que le jeune homme nu, faisant signe du bras, le chevauche. Devant les grandes portes, il s'arrête un instant pour déchiffrer et graver dans son cœur l'inscription en lettres de bronze : *Hotel Ganímedes.* Quatre étoiles.

Il poursuit son chemin. De carrefour en carrefour.

La longue vitrine d'une agence de voyages de la carrer de la Diputació finit par accrocher son œil. Après plusieurs mètres d'affiches et de panneaux promotionnels où le nom de New York apparaît plusieurs fois à des hauteurs différentes et surmontant différents prix, l'autre moitié de la vitrine présente, au-dessus d'étagères basses chargées de livres de voyage, une série fascinante et sur plusieurs rangées de globes terrestres, de tous formats et de toutes couleurs, tenus sur leurs axes obliques, ces boules, que Chucho connaît pour en avoir manipulé une à l'école, si finement dessinées, recélant l'inépuisable noyau de toutes les rêveries, ces sphères délicates renfermant tant de voyages et de libertés. Chucho ne fait ni une ni deux, il pousse la porte vitrée de l'agence. Derrière son bureau, une femme lui jette un regard interrogateur.

— Je peux regarder les globes ?

— Certainement, mon enfant.

Chucho va. Ils sont un peu hauts pour lui. Il touche ces mondes, qu'une caresse fait tourner. *Pacific Ocean. Africa. Atlantic Ocean. America. Valparaiso. Japan. Mongolia.* Et ce continent chiffonné qu'on appelle l'Europe. *Groenland. New York* : c'est là.

À côté du grand globe bleu, il y en a un plus resserré, dans les tons beiges, avec des inscriptions à l'ancienne. Puis un moyen, puis un curieux, que Chucho ne comprend pas, où l'on dirait qu'il n'y a que de la mer, comme si tous les continents s'étaient effondrés, engloutis, comme un globe du déluge, illustré de figures bizarres, chevaux, crabes, scorpions, serpents, hommes, et qui est une projection du firmament et des constellations. Chucho fait doucement tourner les mondes. Dans un sens. Dans l'autre. Et du bout de ses phalanges, il refait en le variant mille fois le voyage de Magellan.

Il ne voit pas que, derrière lui, la dame s'est approchée.

— Elles te plaisent ?

Chucho sursaute.

— Oui. Moi, je vais aller à New York.

— À New York ! Rien que ça ! Tu en as, de la chance.

— Je pars la semaine prochaine. Regardez mes photos.

Il montre à la dame le papier glacé où quatre fois son visage sourit.

— C'est pour mon passeport.

Elle lui passe la main dans les cheveux en disant :

— Petit veinard.

Puis elle s'accroupit.

— Tiens. Un cadeau.

Elle lui tend deux objets : la boule ronde et emballée d'une sucette jaune, d'abord, puis un tout petit globe terrestre en plastique, d'où pendent une chaînette et, au bout, un anneau porte-clés.

— C'est pour moi ?

Elle le lui pose dans la paume et lui referme les doigts.

— Tu pourras l'emporter avec toi. À New York.

Chucho en a de nouveau les larmes aux yeux. Elle lui met la main sur l'arrière de la tête et lui dit :

— Allez, maintenant, file, petit.

Chucho s'en va. Il passe la porte vitrée, se retourne et voit, derrière le reflet de la rue, la dame qui sourit et montre le poing avec le pouce levé. Il voit ses lèvres remuer et qui disent certainement bon voyage. Le poing de la dame se desserre, ses doigts font *bye bye*. Et elle retourne à son bureau.

Chucho met la sucette en poche, et le porte-clés. Chucho est reparti.

Il sait bien que Toni rapporte des cornichonneries, qu'on ne peut pas lui faire confiance, qu'il raconte n'importe quoi et que c'est un menteur, mais tout de même, cette histoire que la mère de Toni habite à New York lui tourne dans la tête et lui donne l'impression que la sienne aussi, peut-être. En tout cas, New York prend des couleurs, des rondeurs, des chaleurs de maman. New York devient une caresse sur sa joue, une main dans ses cheveux, des baisers dans son cou. Il s'en faudrait de peu pour que Hans se marie avec sa mère, elle est sûrement si belle. Et elle est peut-être riche. Une poitrine moelleuse, un chandail profond, des colliers bruissant autour du cou. L'angoisse n'est pas la seule à faire sortir de terre des imaginations comme des champignons. L'espoir, le rêve et le bonheur ont eux aussi cette faculté d'assembler des sensations vagues et des caprices précis, d'aller puiser dans les réserves enfouies d'une mémoire qui s'est enrichie à tout moment, et au cas où, de bribes diverses dérobées sans le savoir à n'importe quel éclat de l'existence. Une couleur, une histoire, une chose perçue seulement du coin de l'œil, une image, un mot apparemment inutile, un chat qu'on entend appeler « angora », ou des roses pourpres qu'on voit pourtant roses à cause de leur nom, roses, et épineuses sur l'étiquette d'une bouteille de bourbon souvent posée sur la table et dont on n'a jamais goûté qu'une fois le piquant un jour où l'on avait dans le fond de la bouche un aphte soi-disant à désinfecter... Tout cela suffit pour que la maman de Chucho porte maintenant à New York un chandail de laine rose à grands poils ou cheveux d'ange, doux et piquant et bourré d'électricité statique, de rires et de consolation. Qu'elle ait dans un bocal des sucettes molles et dans son appartement une chambre pour Chucho. Dans une armoire un déguisement de Spiderman et sur la moquette bleue un minipanier de basket et son poteau de plastique. Sa maman joue au golf, a des cheveux blonds et monte à cheval. Elle l'écoute lui jouer de la trompette, elle refuse catégoriquement qu'il aille à la ferraille, elle lui prépare des croquettes de béchamel au fromage. Parfois sa maman pleure et c'est Chucho qui la console. Elle a de grandes pantoufles en mousse rose, un peignoir blanc avec une longue ceinture bleue, et elle ouvre les rideaux. Elle lui tient la main pour traverser, elle ne veut pas qu'il passe au rouge, elle porte son cartable. Sa maman est beaucoup mieux que la maman de Toni, et beaucoup plus belle et plus gentille. Plus douce, plus riche. D'ailleurs, le jour où Toni viendra à New York, Chucho devra tout lui expliquer, comment ça se passe à New York, comment on fait, où est l'école, comment on parle en anglais, il sera bien meilleur que lui au basket. Toni aura eu peur dans l'avion, alors que lui, avec Hans, pas du tout. Chucho, il aura nagé dans la piscine de l'avion et mangé dans le restaurant de l'avion, il aura même dormi sur une couchette, un parachute roulé en boule comme un oreiller, dans une cabine beaucoup plus grande que celles des bateaux qu'il a vus. Avec une télévision immense. Et une hôtesse de l'air assez semblable à la dame des globes terrestres.

De l'autre côté de cette géante floraison d'idées, comme on dirait de l'autre côté de la forêt, il y a le quartier de Poble Sec, la pente du passatge de Martras et la maison de la Dumbre, où Chucho inévitablement arrive. La Vespal sur le trottoir. Et devant, la grande voiture de Belito, vieux modèle Mercedes, énorme bac couleur bordeaux, couleur de lie. Les bulles de rêve de Chucho éclatent l'une après l'autre. La grande voiture décapotable qu'on ne parvient plus à capoter, où Chucho s'est déjà mille fois fait pincer les doigts. Mal garée, débordant insolemment sur la chaussée étroite. Et le contenu des bulles que Chucho rêvait retombe lentement sur lui comme une pluie de peurs moites. Son visage se décompose et tout à coup la faim, sans doute la faim, lui crispe le ventre. Il se sent faible. La lumière a encore baissé. Une ombre épaisse et bleue pèse dans les rues et la lumière des néons chez la Dumbre rayonne devant la porte. Courage, Chucho, il faut y aller.

Il approche à petits pas. Il entend la voix de la Dumbre, qui chante. Cette voix fausse et lointaine qui chante n'importe quoi dans une langue que personne ne parle ni ne comprend. Chucho sait bien ce que cela signifie. Il plie précieusement le papier de ses photos et le glisse dans sa poche arrière.

13

Maintenant, Chucho traverse les bandelettes multicolores. Un coup d'œil à gauche : la Dumbre, la tête
enfoncée dans les seins, le crâne visible sous les cheveux
rares, un bras rouge pendant de la chaise. À se demander
comment elle n'étouffe pas. Faisant une boucle sur la
table, à côté de la lampe vivace, le caoutchouc blanc sale
du garrot. De la cuisine parvient le bruit métallique de la
poubelle à pédale qui s'ouvre et claque. Un sachet qu'on
froisse. La cataracte du robinet. Et Belito paraît, en
s'égouttant les mains.

— Ah, te voilà, toi, Chucho *perro*[1].

Belito est un petit maigre sec, à la voix aiguë comme
un bris de verre. La quarantaine tannée. Verdâtre. Tenant
directement de l'insecte. Avec une main à quatre bagues.
Chucho lui arrive à la poitrine.

Belito met un doigt sous la mâchoire de Chucho.

— J'aurai à te parler, toi, tout à l'heure.

Il cloue dans les yeux de l'enfant ses yeux jaunes.

Chucho a ouvert grand les paupières. Œil noir, globe
blanc.

1. « Chucho chien. »

Ce n'est pas la faim, c'est la peur, qui remue ses lames dans son ventre. Cette peur froide qui n'existe que chez les enfants, parce qu'elle n'est encore que l'apprentissage, que l'élan de la haine.

— Mais d'abord, tu vas m'aider. On a du monde, ce soir.

Belito sort. Chucho le suit. L'homme ouvre le coffre de sa voiture et y fouille parmi quelques cartons. L'enfant se tient sur le trottoir. Dans la voiture, au dossier du fauteuil conducteur dépourvu d'appuie-tête, il y a la veste de Belito en daim brun, à la mode des Apaches, avec des franges. Et au pied du fauteuil passager, quelque chose qui remue et que Chucho remarque maintenant. Belito, les deux mains plongées dans le coffre mais la tête tournée, observe l'enfant. C'est le chien de la Polaca, là, qui bouge. Attaché court par la laisse au frein à main.

— Qu'est-ce qu'il y a? Tu regardes quelque chose?

— Non, non. Rien.

— Alors viens m'aider, je te dis.

Et Belito indique au gamin le carton qu'il doit prendre dans le coffre.

— Dégage la table. Mets tout ça dessus.

Tandis que Chucho, rentré, déballe des gobelets en plastique et des assiettes en carton, Belito revient avec des tabourets pliants, tire une allonge à la table, déplie et dispose les tabourets.

La Dumbre ne chante plus. Vaguement, elle module un filet de voix et semble énumérer des choses mystérieuses. Le ventilateur ne tourne pas. C'est l'heure où la chaleur est restée à l'intérieur et où elle a vieilli.

Belito sort. Le bruit des charnières du coffre. Belito reparaît, tenant par l'os un grand jambon entamé.

— Regarde ça, quelle belle patte elle avait, la bête.

Chucho frémit.

La lame longue et fine d'un couteau de boucherie est glissée dans l'épaisseur du gras comme dans un fourreau. Belito l'en extrait lentement et la lame paraît, luisante et trouble.

— Prends-en un morceau. On est bon avec toi.

Et tout chez cet insecte aux yeux mobiles, même l'amabilité, surtout l'amabilité, crisse comme une menace.

Belito tranche consciencieusement le jambon. Il en offre au petit.

Chucho mange le jambon et garde en main la couenne jaunie, de la couleur précisément de l'œil que Belito ouvre grand devant lui en disant :

— Mais mange le gras !

— J'ai pas le ventre très bien.

— Rien à foutre ! Je te donne du jambon comme t'en as jamais mangé de ta vie et tu veux jeter le gras ? Mange.

Chucho s'exécute.

Belito mâche :

— Tu sais combien ça coûte, un jambon de ce genre ?

La patte de porc laisse sur la table des traces où la lumière du néon fait jouer un reflet vitreux.

Près du mur où la télévision est accrochée, Belito s'accroupit, pousse le petit meuble en bois où la Dumbre garde son huile, passe deux doigts dans un œilleton, tire et soulève une trappe découpée dans le carrelage.

— Me regarde pas comme ça ! Remue-toi, viens m'aider.

Dans le tiroir du petit meuble, Belito s'empare d'une torche électrique, qu'il teste et qui fonctionne, puis passe une jambe par la trappe, manifestement soutenue par la marche d'un escalier.

— Tu connaissais pas la trappe, hein ? Viens, je te dis, aide-moi.

Et il s'enfonce tout entier dans cette cave.

Chucho descend à son tour. L'escalier est raide et il fait absolument noir dans ce trou, qui sent quelque chose comme le terreau et où le faisceau lumineux de la torche éclaire des murs aveugles, un sol probablement en terre battue et une étagère faite de caisses empilées où quelques pyramides de bouteilles couchées montrent leurs culs noirs en forme de zéros. La torche entre les dents, Belito use de ses deux mains pour soulever un bidon, dans le genre d'un jerrycan, et émet un son. Chucho comprend qu'il faut l'aider et, à deux, ils remontent la lourde chose par l'escalier raide, jusqu'à la lumière. Belito referme la trappe du pied, crache dans sa main, remet le petit meuble en place et s'accroupit devant le bidon.

— Je savais bien qu'il en restait. Vingt-cinq litres !

L'enfant se lèche un doigt, qu'il s'est blessé dans la manœuvre.

— Tu ne connaissais pas ça ! C'est qu'avant, ici, c'était un café. Là où tu es, il y avait le bar. On voit encore les traces, par terre. Deux, trois petites tables rondes par-ci, par-là. On avait du vermouth en barrique. Ah ! Du très joli ! J'ai servi, moi, ici. J'avais à peine plus que ton âge, et je travaillais déjà. Dur. Et honnêtement. C'est comme ça que j'ai plu au Navajon. Prends-en de la graine. Il voyait comme je travaillais bien. Comme je me plaignais jamais.

J'en ai descendu, des machins lourds, par cette trappe ! Ah, on n'a rien sans rien, dans la vie.

Belito coupe une tranche de jambon et se la coule dans le gosier.

— Dévisse le bouchon. Faut que le vin s'aère. Il doit puer le plastique.

La Dumbre, le menton toujours dans la poitrine, glousse.

Belito s'assoit, s'accoude à la table, allume une cigarette et, pensif, navigue dans les menus multicolores de son téléphone portable.

Chucho va s'asseoir par terre, contre le mur, à cette place où il a passé déjà tant d'heures, tant d'heures. La vue du jambon et, parfois, l'odeur lui font flotter dans le ventre une menace de nausée. Hans lui semble loin. Pas seulement dans l'espace, mais aussi dans le temps. D'avoir ainsi réintégré sa place de toujours, l'environnement de son habitude, il lui semble n'avoir connu Hans qu'en rêve. Un rêve qu'on met toutes ses forces à retenir, et qui s'effiloche, se dissipe et s'en va, comme tous les rêves. Hans, New York, sa mère. Par bonheur il sent sous sa fesse la fine épaisseur du papier plié de ses photos. Il faut qu'il les touche, il le faut absolument. C'est la preuve tangible de son salut. Alors, le plus discrètement possible, il approche sa main de sa poche arrière, y glisse lentement un doigt craintif. Il sent la fine tranche résistante du papier photo. Il la touche ! Une onde lui parcourt le corps. Se hérisse sur lui la multitude infinie de petits poils presque invisibles dont la peau ne se couvre peut-être que pour offrir à l'espoir et à la joie un moyen de nous caresser secrètement et tout en entier dans ces moments très rares de pure fruition. Frisson peut-être que ressentit Jonas dans le ventre de la baleine un instant avant qu'elle ne le recrache. Frisson dont une première injection d'héroïne constitue probablement la perversion la plus banale mais aussi la plus exacte, à cause du sentiment de danger au cœur duquel elle fait naître et éclore l'immarcescible pressentiment de la fleur du paradis. Avec cette différence finale qui sépare là, dans le local, sous le même néon, l'état de la Dumbre et l'état de Chucho.

À la longue, il en a mal à l'épaule, Chucho, le bras tordu. Mais il ne veut pour rien au monde perdre le contact de cette preuve, de ce talisman, de cette médaille protectrice à quatre fois son effigie, où il sourit, sourit, sourit, et sur la quatrième presque pleure.

La haine n'est rien devant un frisson d'espérance pure. Et des yeux mi-clos de Chucho s'échappe une sorte d'immatériel fluide, qui gagne doucement l'air autour de lui, s'étend par nappes, envahit les espaces de sa mémoire, comme une lumière dans la masse compacte des ombres et de la nuit, transfigure l'antre complet de sa vie et réveille et rappelle tous les souvenirs heureux, tous les bienfaits et toute l'humanité endormie dans les choses et les êtres qui ont fait partie de son existence et qu'il s'apprête à quitter. Sa gratitude se penche follement, avec la condescendance de l'après-coup, avec une indulgence de fin de l'Histoire, sur le front de ses bourreaux, et pose un baiser sur la figure dure et verte de Belito en souvenir du médiocre baiser que cet homme coriace posa sur son front un matin de sueur et de fièvre où la peur et le cauchemar l'avaient jeté hors du lit; des caresses viennent sur la Dumbre lui rendre la beauté qu'elle n'eut qu'enfant, en témoignage de cet œuf dur et de ce sachet de sel qu'elle escamotait pour en gratifier secrètement l'enfant ; des bénédictions vont vers le tiroir du petit meuble, où l'œuf caché attendait que la main enfantine le découvre et l'emporte ; des anges pâles ayant le visage des putes, la Marta, la Paca, les autres, et même la Polaca, un léger ruban ceignant l'or fin de leurs cheveux, touchent en chantant des harpes transparentes, le prêtre jouant d'une longue trompette sans pistons dans un joyeux concert en marche, fanfare presque réelle où les voix de chacun deviennent bizarrement nettes, audibles, matérielles, concrètes.

— ¡ Hola Chucho !

14

Et, tiré de son rêve, Chucho voit en effet, entrant, entrés dans le local, la Paca dans ses bas noirs, la Marta dans ses bas résille, les deux Colombiennes, Feli et Lola, aux visages trapus et épatés, et le prêtre dans un pantalon de lin blanc portant dans ses bras un fagot de baguettes de pain jaune qui lui montent dans le visage.

Chucho ne se lève pas. L'espérance qui, il y a un instant encore, consolait tout tire soudain de tout un dégoût intolérable.

Dans le groupe qui a fait son entrée, il y a deux étrangers, vêtus de boubous, l'un gros et l'autre maigre. Vers eux Belito se dirige, échange deux accolades muettes. Belito les fait asseoir. Le gros des deux, le visage perlant de sueur, indique le plafond en faisant tourner son doigt.

Chucho contre son mur ne perçoit que des bribes et des éclats, sans rapport, comme un enfant grippé, courbaturé par la fièvre, entend sans l'écouter la conversation des adultes dans la pièce où il sommeille, roulé sous une couverture.

— Chucho ! Ventilateur !

Le gros dans son boubou bleu a la figure si rebondie qu'on y remarque moins l'énorme chique qui, chez le

82

maigre, déforme et gonfle la joue gauche. Sur le corps du grand maigre l'ample boubou pend comme à un cintre.

Chucho va enfoncer dans le mur la fiche du ventilateur.

Le maigre se met debout sur un tabouret et tire deux fois sur la chaînette qui pend au ventilateur, enclenchant la deuxième puis la troisième vitesse de rotation. Aah, font les putes. Le maigre parle français. *Voilà, voilà, c'est comme ça que ça marche mieux.*

— Attention la lampe !

C'est la Dumbre. Elle est sortie de sa torpeur. Chucho regarde.

— Avec tout votre vent, attention ! Elle va s'éteindre !

Et la flamme de la lampe à huile sur la table en effet danse et penche dangereusement. Le gros semble comprendre et, par courtoisie pour cette femme dont il a l'air de se dire qu'elle est la mère de son hôte ou en tout cas une matriarche à respecter, fait mine de prendre la lampe. Belito lui retient le bras, arrête son geste.

— Dumbre, viens la prendre toi-même…

La Dumbre, branlant en tous sens, s'extrait de sa chaise en plastique, fait quelques pas où ses savates frottent lourdement le carrelage blanc, se retient au bord de la table, prend la lampe toujours en danger et lui en fait courir un plus grand encore en la soulevant dans ses deux mains incertaines. Elle doit contourner Belito, qui ne bouge pas de son tabouret. Tout le monde espère la chute. La joie découvre des gencives rouges et des dents, le rire est en suspens.

Chucho soudain est inquiet, comme s'il ressentait pour lui le péril de cette lampe. Ses muscles se préparent.

La Dumbre pose des pas d'Atlas monstrueux, vacillant, portant la flamme, quand, à un mètre à peine du petit meuble, sa jambe refuse de la suivre. Elle tombe. Mais Chucho, plus rapide, s'est précipité et la retient, arc-bouté sous son aisselle. Elle a les mains crispées sur la lampe. Avec un bruit qui fait résonner le petit meuble et tressauter la flamme, l'objet précieux est déposé.

— La Dumbre a mérité un godet.

Défaite, en sueur, la Dumbre a pesé sur l'épaule de Chucho, lourde comme le monde et puante comme l'intérieur d'une chaussure, pour regagner son siège.

— Et faut pas croire! Elle a fait la couverture de *Penthouse* en bottes de cuir!

— Chucho, sers le vin!

— Et elle aime les bêtes. Elle a une chatte câline comme ça.

— Tu sais bien qu'après sa piqûre c'est dangereux pour elle.

— Chucho, tu prends les gobelets et tu la fermes.

— Elle la fera peut-être encore! Tant qu'il y a de la vie!

Du bidon incliné le vin dégueule. Les gobelets se renversent. Chucho cherche le regard du prêtre.

Belito tranche le jambon. La Colombienne Feli sort d'un sac des bocaux d'asperges et de poivrons, des boîtes d'anchois; le prêtre, au visage cachemire, longues lèvres rouges, dents éclatantes, sourire triste des timides, fine moustache noire et soignée, tête inclinée, cheveux lisses, peignés, souples et propres, une mèche tombant vers l'œil, coupe le pain.

— *Pas d'alcool.*

— S'ils sont musulmans, ils ne mangeront pas le jambon non plus.

— Ah ça tant mieux, ça nous le laisse.

— J'en connais qui vont se ruer sur les anchois. Passe-moi les asperges.

— *Pas d'alcool, pas de porc, mais du khat !*

— Ils viennent de Djibouti pour me voir.

— Où c'est, Djibouti ?

— Miaou ?

L'homme rit, sort de sa bouche la boule brunâtre, la montre, la remet en place, fourrage une grande poche pratiquée à l'intérieur de son boubou et exhibe un petit fagot de végétaux enrobés d'une feuille de bananier.

— *Khat ! C'est du khat, tu comprends ?*

— Pour les affaires. Je fais une fête pour eux, là. Alors déjà qu'ils peuvent pas manger, pas boire…

— Sûrement en Afrique.

— Au moins qu'il y ait quelque chose de consommable pour eux autour de la table.

— J'avais deviné. Mais où, en Afrique ?

— Vous comprenez, les filles ?

Chucho est l'échanson. Le poids du jerrycan fait saillir les muscles minces de ses avant-bras. Ses doigts pincent les gobelets trop souples et trop pleins, qui recrachent le rouge infect. Et sur ses chaussures, au sang de Hans se mêlent à présent des taches de vin.

— Bah, en Afrique, quoi.

— Faut se montrer gentilles.

— *Elles ne savent pas où c'est, en Afrique.*

— Chucho, apporte ma rouille et mon verre.

— *C'est dans la corne.*

Le gamin va chercher dans la cuisine le petit verre tulipe, la bouteille d'anis et celle de bourbon dont le

mélange constitue la boisson personnelle du Belito, sa
« rouille ».

— En Afrique, ils broutent le khat comme de la salade.
Ici, on est vachement en retard.

— C'est l'herbe de l'avenir. Ça se mâche comme une
chique.

Chucho, rassis près de la flaque de vin et du bidon,
cherche toujours le regard du prêtre. Mais le prêtre
mange et chique avec les filles, autour de la table, avec
Belito, avec les invités.

— On va devoir s'y mettre.

— Moi, j'en veux pas.

— Et ça a quoi comme effet?

Le maigre à côté d'elle lui saisit la main et lui fait sentir
le dur sous son boubou. Il se fend la gueule d'un grand
rire où la salive fait briller la lèvre.

— En une demi-heure. Ça fait aussi la langue brune.
C'est pour vendre aux clients.

Les bouches mâchent, amollissent les feuilles, qui s'ag-
glomèrent et diffusent leur astringence.

— Eh bien, il faudra être patients.

— Chez lui ça marche déjà…

— Non, j'ai pris une bière avant de venir.

— Je déteste son pantalon, au prêtre.

Dès que le prêtre, en chemin vers les toilettes, a passé
la porte de la cuisine, Chucho se coule derrière lui, lui
prend la main, l'arrête et murmure :

— Faut que je te parle, faut que je te parle.

15

— Je dois faire pipi, attends, je reviens.

Mais Chucho ne veut pas le lâcher. Il le suit. Le prêtre laisse faire. Il urine d'une main, l'autre tenue par les dix doigts suppliants du gamin. À côté de la cuvette, la blatte de ce matin a disparu. Chucho, chuchotant :

— Écoute-moi. Il faut absolument que tu m'aides. Que tu me fasses un passeport.

Le prêtre se reboutonne puis s'accroupit face à Chucho.

— Un passeport ? Qu'est-ce que tu me racontes ?

— J'ai rencontré quelqu'un, je pars à New York. Je pars, je pars.

Le prêtre, étourdi, incrédule, secoue la tête et ses cheveux lisses glissent sur son front.

— Comment ça, tu as rencontré quelqu'un ?

— C'est trop long à t'expliquer. Mais il faut que tu me fabriques un passeport pour New York. J'ai déjà fait les photos.

Et comme une preuve irréfutable de tout, Chucho produit aux yeux du prêtre les quatre photos qu'il tenait dans sa poche.

— Il paraît qu'il me faut en plus une autorisation de parents, pour partir. Fais-la-moi aussi.

— Chucho, de quoi tu parles, bon sang?

— Chut! Moins fort!

Impatienté, agacé par la lenteur du prêtre, si malvenue dans l'urgence de la situation, Chucho soupire.

— Tu me fais confiance ou non? Tu veux que je moisisse ici ou tu veux que je m'en sorte?

— Oui, bien sûr, Chucho, mais je ne comprends pas.

— Qu'est-ce que tu ne comprends pas! C'est pourtant simple : j'ai rencontré quelqu'un, un Allemand, il s'appelle Hans, il est médecin, il est riche, et il veut bien m'emmener à New York. Mais j'ai besoin de papiers!

— Qui c'est, ce mec? Qu'est-ce qu'il te demande en échange? Qu'est-ce que tu dois lui faire?

— Mais rien! Je... Il... Je ne peux pas te dire, j'ai promis, c'est un secret, parce que c'est dangereux.

— Qu'est-ce qui est dangereux?

— C'est dangereux pour lui si je te dis comment on se connaît. J'ai promis de ne rien dire.

— Non, Chucho, je suis désolé. Mais là, comme ça, qu'est-ce que tu veux que je fasse, je ne peux pas te... Écoute. Dis-moi qui c'est, ce mec. Raconte-moi.

Chucho ferme les yeux, se mord les lèvres, retient son pleur.

— Le prêtre, si je ne peux pas compter sur toi, alors je n'ai vraiment personne.

Depuis la salle vole un cri cassé de Belito :

— Chucho, bordel! Le vin, il va couler tout seul?

Chucho, au prêtre :

— Chut, ne dis rien.

On ne rappelle pas Chucho. Le bidon déglutit. Les putes se servent elles-mêmes.

— Je ne peux pas trahir mon secret. Il faut que tu me fasses confiance. Sur parole.

— À toi je fais confiance, Chucho. C'est au mec, à qui je ne fais pas confiance. Cet Allemand.

— Mais moi, moi, je lui fais confiance. Il s'appelle Hans et, avec toi, c'est le seul type bien sur la Terre. Qu'est-ce qu'il me faut pour partir à New York ?

— Je ne sais pas. Franchement, je ne sais pas. Un passeport, évidemment…

— Et ça, tu peux me le faire ?

— Oui mais…

— Avec mes photos.

— Oui…

— Alors fais-moi déjà le passeport.

Et le gamin fourre les photos dans la poche de la chemise du prêtre.

— Chucho, tu m'inquiètes très fort.

À ce moment, du bruit pénètre dans la cuisine. Le prêtre referme vivement la porte des toilettes. Par la serrure, il voit le maigre et la Marta, qui lui tient la main. Le prêtre met un doigt sur sa bouche.

— Chut.

Et l'œil sur la serrure. En l'asseyant sur l'évier et en voulant tirer sur ses cheveux, le maigre a fait tomber la perruque de la Marta et c'est une Marta non plus brune mais aux cheveux noirs et collés sur le front qui se tient maintenant au robinet. Le prêtre regarde Chucho puis pose son front contre la porte des toilettes. Tout bas :

— Tu ne peux plus vivre ici encore longtemps.

— Tu vois ! Il faut que tu m'aides.

Fixé à son idée comme l'écorce au tronc, Chucho reprend :

— De quoi j'ai besoin ?

Les bruits qui viennent de la cuisine font grimacer le prêtre de douleur.

— De quoi j'ai besoin pour partir à New York ?

— Je ne sais pas, il faut se renseigner. Un visa, peut-être. Ou un truc qu'ils ont aux États-Unis, une *green card* je crois, je ne sais pas exactement ce que c'est.

— Où est-ce qu'on peut savoir ?

— Je ne sais pas, je ne sais pas ; à la police, je suppose.

— J'irai à la police demain. Fais-moi déjà mon passe-port.

Le prêtre est désespéré. Il ne croit plus à rien de ce qu'il voit ou de ce qu'il entend. Là, accroupi, caché dans les toilettes, il conçoit pour la première fois la misère de Chucho et ne parvient pas à imaginer que ce qui l'attend avec cet Allemand ne soit bien pire encore. Parler, savoir, l'interroger, ne fût-ce que pour distraire l'attention de l'enfant. Car les autres font du bruit.

— Je ferai tout ce que tu veux, Chucho. Tout, passe-port, tout…

— Et vite !

— Oui, vite, très vite, mais dis-moi, je t'en supplie, dis-moi qui est ce type.

— Si je le trahis, pourquoi lui ne me trahirait pas ?

— Il n'en saura rien. Et en plus je serai muet comme une tombe.

Le prêtre referme doucement ses bras sur Chucho.

— Allez, dis-moi. Si tu pars, tu sais, je serai seul, je serai sans toi, alors, au moins, que je sache, où tu pars, avec qui, si tu seras heureux.

La voix de Chucho dans le creux de l'homme :

— Je t'écrirai de là-bas.

90

— Dis-moi…

Le maigre s'anime.

— Dis-moi…

Marta l'encourage.

— Dis-moi, je t'en supplie.

De la cuisine :

— *Oh, toi, la blanche !*

— Dis-moi, mon Chucho, dis-moi…

— Le prêtre, demain, demain je vais à la police. J'aurai tous les renseignements. On se retrouvera à 18 heures à l'*Hotel Ganímedes* sur le passeig de Gràcia. Surtout, ne dis rien à personne.

— C'est là qu'habite le type ?...

Mais la porte des toilettes est soudain ouverte, par Marta, une main à l'entrejambe.

— Qu'est-ce que vous faites là, tous les deux ?

Chucho, suppliant :

— Chut !

— Un petit et un grand qui regardent par la serrure ?

Et le prêtre :

— Marta, ferme-la !

— Non ! Qu'est-ce que vous trafiquez ?

Le maigre, qui ne s'est pas encore rhabillé, regarde sans expression. Et Marta :

— T'es pas en train de nous en faire un petit pédé !

Piqué au vif et entrant dans une colère noire, le prêtre bondit sur la Marta et la repousse violemment contre l'évier. Furieuse à son tour, elle lui prend le visage dans ses ongles, lui balance un coup de pied dans les couilles.

Le prêtre, plié en deux, le visage griffé, décomposé, sanglant, jette encore un regard à Chucho puis, la main crispée sur la poche de sa chemise, il quitte la cuisine, évitant un coup de pied du maigre, traverse la salle puis le rideau anti-mouches et disparaît.

Belito, pas très sérieux :

— Mais qu'est-ce qui se passe là-bas ?

Et Marta, dans la cuisine :

— Chucho, il ne t'a pas fait mal, au moins ?

— Le prêtre ne m'a jamais fait mal. Jamais.

— Ça ne me rassure pas. Allez, dégage, laisse-moi passer, il faut que je me frotte.

Chucho s'écarte. Avance un peu. Le maigre a remis son boubou.

Dans l'évier, une forme hideuse et velue comme une bête prête à bondir glace soudain le sang de Chucho. Le maigre lit l'effroi sur le visage de l'enfant et éclate de rire. Il plonge la main dans l'évier, saisit la perruque en riant de plus belle et la met sur la tête du gamin. Puis il le prend par l'épaule et le fait passer devant lui, entrer dans la salle où, à la vue du petit travesti, mais surtout à la vue de sa mine humiliée, outragée, l'hilarité prend plaisir à exploser.

L'enfant, tétanisé, la main serrée dans le fond de sa poche, n'ose pas ôter la perruque.

Mais qu'importe. Il n'est pas là, plus là, il est si loin. Son visage fermé, dur comme un morceau de bois. Il ne pleure même pas. Il existe dans l'espace tellement de poches secrètes où l'on se réfugie, où l'on s'abstrait, d'invisibles utérus où l'on se retire, de ventres où l'on régresse, de grottes enfouies, de cavernes où le cosmos renaît et où la terre entière n'est plus qu'une boule minuscule et dérisoire roulant loin dans l'obscurité du rêve ou de la douleur. Et Chucho, sous sa perruque, dans ce local éclairé au néon, en bordure de l'abrupt passatge de

Martras, dans le quartier de Poble Sec à Barcelone, serre dans le creux de sa paume, dans le fond de sa poche, le tout petit globe de plastique qu'une dame admirable lui a offert tout à l'heure. Et la main de Chucho tient le monde, et sa tristesse le noie, et son espoir le préserve. Car demain il ne sera plus question de tout ceci, plus de Belito, plus de cuisine, plus de Dumbre, plus de peur.

La Marta encore à moitié nue revient et lui reprend sa perruque.

— Ah, c'est là qu'elle était, petit con, tu t'amuses, tu fais le malin?

Et Chucho va s'asseoir près du bidon, où saigne la large flaque de vin.

Le prêtre parti, Hans l'attendant dans le monde futur, Chucho demeure. Vide.

Le gros l'a repoussé du pied en allant dans la cuisine fourrager à son tour la Marta.

Chucho, vide et froid comme une arme déchargée. Sans valeur et dépossédé comme un argent misé sur demain.

— Le khat, ça gâche le goût du jambon.

Il voit, il entend, ni plus ni moins qu'une grotte perçoit ce qui se dit, ce qui se fait dans son creux.

— Tous les pays civilisés s'y sont mis. Pas de raison que ça ne démarre pas en Espagne.

Quelques brutalités résonnent. Mais Chucho n'est plus que ces parois, cette caverne, et son rêve pariétal.

— Oui, oui, j'ai bien entendu, vous parliez de la Polaca.

Une grotte, une caverne, une cavité, un coquillage, sa nacre secrète, la rumeur d'un océan absent en son intérieur.

— Que ça vous serve de leçon.

Chucho méprise tout.

— Il n'y a pas de musique ici, c'est mortel.

— On peut pas allumer la télé?

— Fermez-la.

Le gros reparaît, assoiffé, s'empare d'un gobelet de vin et le vide d'un trait. On entend la Marta qui tire la chasse d'eau.

Avant que le gros ne reprenne place, Belito se lève et, arborant un large sourire, ouvre les bras, remercie ses deux grands amis, rappelle que « demain comme prévu », les conduit vers la sortie, dit : « Mesdemoiselles, raccompagnez ces messieurs à leur hôtel », écarte de la main le rideau anti-mouches, ouvrant le chemin au premier invité, qui salue courtoisement la Dumbre, imité par le second. Les filles passent à leur tour, muettes et haineuses. Mais il retient la dernière :

— Feli, toi, tu m'attends dans ma voiture. On va voir si leur truc fait de l'effet. Ou au moins ma rouille.

16

Avant qu'il n'ait relâché les bandelettes multicolores, il se retrouve avec deux mômes dans les pattes.

— Qu'est-ce que vous foutez, vous deux ?

Toni et Baltasar ne répondent pas.

— Depuis quand vous êtes plantés là ?

— Depuis un peu.

— Longtemps ?

— Oui.

— Et vous n'êtes pas entrés ? Vous avez bien fait. Mais quoi, toi, Baltasar, t'es pas chez toi ? Et Toni, t'es pas à la ferraille ?

Toni montre son poignet ensanglanté.

— Qu'est-ce que tu m'as fabriqué ?

— Je m... je me suis blessé. En coupant une corniche.

— Et alors ? Tu pouvais pas continuer ? Ils ne pouvaient pas te soigner là-bas ?

— J'ai mal. Je ne bouge plus le pouce.

Belito regarde la blessure de près.

— C'est rien, ça. C'est normal que t'aies mal, mais c'est rien. Va mettre ton bras sous le robinet.

Toni va.

— Et toi, Baltasar ?

— Mes parents sont pas rentrés. Il n'y avait personne chez moi.

— Et alors ?

— J'ai demandé à Toni d'aller avec lui à la ferraille.

— Mais t'es trop petit ! Douze ans, j'ai dit.

— Je sais.

— Tu te prends pour le Maradona de la ferraille ou quoi ? Allez, taille-toi. Rentre chez toi.

— Je peux rester dormir ici ?

— Ah là ! Et usez et abusez du *tío* Belito ! Allez-y, servez-vous ! Bon. Rentre, Maradona.

— Merci, Belito. Merci !

— Tant qu'à faire, ce que vous allez voir vous servira de leçon, à vous aussi.

Belito sort, va à sa voiture. Il embrasse la Feli.

— Bouge pas de là, attends-moi, je ne serai pas long. Tu peux jouer avec le petit chien. Il se sent seul…

Dans la boîte à gants, il s'empare d'un sachet en plastique et de la pharmacie portative.

Au plafond du local, le ventilateur tourne encore à la troisième vitesse, balayant la sèche paille grise des cheveux de la Dumbre, dont il est impossible de dire, dans son fauteuil, si elle veille ou si elle dort. Elle pourrait bien être morte. Sur la table sale, la patte de porc se cambre. En passant à la cuisine, Belito donne un coup de pied pour réveiller Chucho, qui s'est endormi, assis contre le mur, le front dans les genoux.

— Débranche le ventilateur, Chucho *perro*.

Dans la cuisine, il donne à Baltasar la boîte métallique de la pharmacie.

— Aide-le à se désinfecter le poignet, c'est le petit flacon jaune. Puis un bandage serré.

— Oui, Belito.

Chucho a relevé la tête, hagard, pas vraiment réveillé. Belito débranche lui-même le ventilateur. Sur le petit meuble, la flamme brille, sereine.

— Allez, debout!

Chucho se lève. Visage mou. Regard vide. Belito s'assoit sur un tabouret.

— On a un œuf à peler, tous les deux.

Chucho se tient debout devant lui, les bras ballants.

— C'est des belles chaussures que tu as là, Chucho.

Le gamin commence à atterrir. Il serre les dents.

— De très belles chaussures. Moi, je te connaissais plutôt avec des espadrilles. Avec…

Et la main aux quatre bagues dénoue le sachet de plastique et produit deux petites espadrilles noires aux semelles ébouriffées.

— … avec celles-ci, précisément.

Chucho frémit. Il est de retour.

— Et tu sais où je les ai trouvées, n'est-ce pas? Dans une boîte de Nike Air. Dans la chambre de quelqu'un qui… Bref. Tu peux m'expliquer ça?

Chucho ne dit rien.

— Explique-moi? Ça ne doit pas être bien compliqué.

Chucho ne dit rien. Il est à distance de gifle, et Belito le gifle. Puis, très calmement :

— Moi, je peux te l'expliquer.

Toni et Baltasar sont dans l'embrasure de la porte de la cuisine. Le grand, avec un bandage blanc à lignes rouges mal noué comme un lacet à son poignet. Le petit, avec un regard cruel.

— Tes espadrilles étaient chez la Polaca, parce que la Polaca t'a offert ces belles chaussures de sport.

Chucho ne dit rien.

— Il n'y a rien de mal, Chucho. Ne fais pas cette tête-là. Ou alors il y a quelque chose de mal ? Tu me caches quelque chose ? Un cadeau, ça peut se faire. On t'en fait sans cesse, depuis que tu es né, des cadeaux. Et c'est surtout moi, d'ailleurs. Qu'est-ce que tu serais, sans moi ? Tu ne vis pas chez moi ? Je ne suis pas comme un père, pour toi ? Tu sais que des bébés comme tu étais, souvent, on les met dans un drap avec un bon caillou, et plouf : aux poissons ! Toi pas. Toi, on t'a fait que des cadeaux. Mais je me demande si tu t'en rends compte. Si tu n'es pas un ingrat.

Il lui prend le menton avec la main aux quatre bagues.

— Le cadeau de la Polaca, c'est pas parce que tu lui rendais des petits services ? Allez, parle.

Chucho s'est fermé comme une trappe. Et son silence agace l'homme.

— Faut que je te punisse ? Moi, je ne veux pas. C'est toi qui décides.

Chucho ne dit rien. Alors Belito se lève et lui lance un coup de tibia dans les côtes. Instinctivement, Chucho prend la position du lapin, position que les enfants battus connaissent, par terre, le ventre sur les genoux, les coudes au sol, la nuque pliée et protégée par les mains. Encore un coup de pied. Dur. Derrière, Baltasar serre d'une main le chambranle de la porte, pince les lèvres, ouvre très grand les yeux.

— Allez, debout.

Chucho se relève.

— La Polaca…

En disant Polaca, Belito se signe.

— … m'a tout raconté, tu sais. Elle était moins muette que toi. Chucho, tu sais bien que je ne te punis jamais pour rien. Alors, ne sois pas idiot. Tu as fait une grosse connerie. Peut-être, tu ne t'en rendais pas compte. Je préfère le croire. Mais c'est une connerie tout de même, alors il faut réparer.

Belito lui prend doucement les deux mains.

— Alors pour réparer, mon petit Chucho, et là je te parle très sérieusement, tu vas tout simplement me dire qui est le bonhomme que tu as conduit chez la Polaca hier soir, où il habite, et ce que tu sais de lui. Simplement ça, et c'est fini, on passe l'éponge, on efface, on pardonne, tu vas dormir, il y a Toni et Baltasar qui sont là, vous pourrez dormir ensemble, demain vous jouerez… hein, avec tes belles baskets, elles sont vraiment belles, je suis persuadé que tu joues beaucoup mieux au foot avec ces chaussures-là. Pas vrai ?

Baltasar, mielleux, pensant plaire à Belito :

— Oui, c'est vrai, il…

Mais en relevant vivement la nuque, l'homme envoie au visage de Baltasar un coup d'œil qui le fait taire instantanément.

— Chucho, je t'écoute.

Chucho ne dit rien.

— Chucho, dis-moi.

Chucho ne dit rien.

— Chucho, une dernière fois, dis-moi.

Chucho se met dans la position du lapin.

Belito éclate de colère. *¡Me cago en Dios!* Il se lève et shoote Chucho une fois, deux fois, trois fois, en disant *¡hostias! ¡hostias! ¡hostias!* Dis-moi qui est ce type ! Dis au moins un mot ! Parle ! Belito frappe avec acharne-

ment, cogne. Que j'entende ta voix! *¡ostias!* Puis il place
son pied entre les côtes et la hanche de Chucho et le
retourne comme une blatte. Dans le même mouvement,
il fait peser son corps sur la hanche de Chucho, l'immo-
bilisant complètement, là, sur le dos. Chucho se couvre
le visage avec ses mains.

Les deux enfants dans l'embrasure de la porte de la
cuisine ne bronchent pas.

Et fatiguée d'attendre dans la voiture, la Feli paraît sur
le seuil, écartant le rideau anti-mouches.

— Qu'est-ce que tu fous, Belito?

L'homme la regarde, comme pris en flagrant délit.
Puis :

— Retourne dans la caisse. Je t'ai dit de m'attendre.

Et elle :

— Belito, t'exagères. À ce rythme-là, tu dureras plus
longtemps.

La peur et la sueur apparaissent sur le visage de
l'homme. Il se mord l'index, puis aboie :

— Va m'attendre dans la voiture!

Téméraire et pourtant indifférente, lasse :

— Tu t'es mis dans de sales draps. T'es un mec qui
aura des problèmes.

Et elle s'en retourne à la voiture.

Les bandelettes du rideau retrouvent leur inerte pen-
daison. Fanons de la baleine. Plus rien ne bouge, un
instant, la chaussure de Belito pesant sur la hanche de
Chucho, immobilisé, silence, on entend le ronflement
de la Dumbre.

Puis, en retard, Belito :

— T'en fais pas pour moi, va. J'ai pris mes précau-
tions.

100

Alors il s'agenouille, chevauchant Chucho, qui se cache toujours le visage.

Sans conviction :

— Mon gamin, maintenant tu vas me dire.

Sans résultat.

Il prend la tête de Chucho dans ses mains et la tape contre le sol.

Il se relève. Renifle. Prend une cigarette pour réfléchir, s'assoit.

Il fume. Fait tomber ses cendres dans le bocal vide d'asperges. Chucho rampe, va se rasseoir contre le mur, à l'endroit de toujours, près du petit meuble. Belito suce fort sa cigarette.

— Baltasar ?

— Oui, Belito ?

— Range mes bouteilles dans la cuisine. Et lave le verre.

— Oui, Belito.

— Toni ?

— Oui.

— Viens avec moi.

Il fait sortir Toni sur le trottoir. Belito a encore un regard pour Chucho.

— Dur comme un caillou, ce gamin.

Sur le trottoir, Belito s'étire, comme s'il bâillait. Il regarde le ciel de la nuit, les deux mains sur l'occiput et se détendant les muscles du dos.

— Ah, les mômes, tout de même, les mômes !

Il a l'intonation d'un bon père de famille.

La main aux bagues sur l'épaule de Toni, Belito le regarde, réfléchit.

— Toni.

— Oui ?

— Toni, je vais te… confier une mission importante.

Il va dans sa poche, sort un téléphone portable ; va dans l'autre poche et en tire un autre.

— Toni, tu vas prendre ce téléphone. Et tu vas surveiller Chucho. Vous allez dormir tous les trois à l'étage. Tu coucheras devant la porte pour qu'il ne puisse pas l'ouvrir sans t'éveiller. Tu comprends ?

Toni dit oui en regardant le téléphone.

— Et demain, là où il va, tu vas. Et s'il ne veut pas que tu l'accompagnes, tu le suis. Discrètement. Et dès qu'il fait quelque chose, tu me préviens. Par exemple, s'il rencontre quelqu'un, ou s'il entre quelque part, tu m'appelles. Pour m'appeler, c'est simple, tu appuies sur le deux puis tu décroches. Compris ?

— Oui, compris.

— Et discrètement.

— Oui.

— Je te demande ça, parce que Chucho a fait une connerie, et c'est important.

— D'accord.

— Rappelle-moi comment tu fais pour me téléphoner ?

— J'appuie sur le deux puis je décroche.

— Très bien. T'es un bon, toi. Ça va mieux, ton pouce ?

— Oui, il bouge.

— Tu vois, tout va bien. Allez, rentre.

Dans la voiture décapotée, recroquevillée sur la petite banquette arrière, la Feli dort. Sur le siège passager, le chien aussi. Belito prend place, fait tourner la clé et démarre.

Toni glisse le précieux objet dans sa poche. Il fait quelques pas. Comme un fauve ou comme une hyène, il tourne sur lui-même, et rentre.

À l'intérieur, curieusement, la Dumbre est éveillée. Elle se tient près du petit meuble, un peu remise, mieux en équilibre. Elle alimente en huile sa manie de lampe et tire un centimètre de mèche. Baltasar se coupe des copeaux dans le jambon que Belito a oublié d'emporter.

Toni revisse le bouchon du bidon encore lourd de vin et d'une seule main le porte à la cuisine. Puis, investi de sa nouvelle autorité :

— Allez, hop, on monte. On va dormir.

La Dumbre :

— Chucho, sois gentil, prends mon lit dans la cuisine et ouvre-le-moi.

Chucho ne réagit pas.

— Mais qu'est-ce qu'il a, ce soir ?

Toni :

— Il est fatigué. Allez, hop, on monte, Chucho. Baltasar, occupe-toi du lit de la vieille.

On accède à la pièce du haut par un escalier caché derrière une porte dans la cuisine, à l'opposé de la porte des toilettes. C'est une pièce unique et chaude, sans mobilier, à fenêtre condamnée, où un éclairage borgne au plafond éclaire une série de vieux matelas à ressorts disposés sur le linoléum, sans draps, avec des couvertures de laine synthétique illustrées de toute une faune et de toute une flore de dessins usés. Chucho s'est allongé dans un coin, le corps très endolori, peut-être une côte fêlée.

Baltasar les rejoint. Toni pousse son matelas devant la porte, éteint la lumière et se couche. Baltasar glisse son matelas près de celui de Toni.

Chucho a décidé de ne pas dormir. De se répéter jusqu'au matin Hans, Hans, Hans, New York et sa mère. Mais il dort déjà. Les deux gamins chuchotent. Toni montre le précieux téléphone portable que Belito lui a confié.

— Donné? Donné pour toujours?
— Je crois, oui. Enfin, j'espère.

La nuit a ouvert ses portes devant Chucho, et son royaume, ce soir, de vieillards édentés aux yeux turquoise, tirant à la carabine sur des chiens affolés zigzaguant sur une plage où les balles font jaillir le sable devant une mer bleue où une mère en grand peignoir blanc, ceinture bleue, ouvre les bras et les mains, si longtemps. Chucho a passé les portes de la nuit.

Tandis que les deux autres n'en sont encore qu'à longer ensemble ses hautes murailles noires et concaves, où leurs murmures glissent et connaissent la résonance étrange des mots échangés dans la pénombre. Ils chuchotent, ils se taisent, ils écoutent, ils pouffent, ils se chatouillent.

Mais Chucho, lui, a franchi les portes du sommeil; la nuit s'est refermée sur lui.

17

Quand Chucho se réveille, il est seul.

Il se lève d'un bond. Des douleurs lui restent. Il descend.

Dans la cuisine, au robinet, il s'asperge le visage d'eau, il se gargarise, il se frotte les dents avec le bout du doigt, il boit dans le creux de sa main.

Dans la salle, les deux enfants le regardent d'un air mauvais.

Chucho :

— Où est la Dumbre ?

— C'est vendredi. Elle est partie faire les courses.

Baltasar :

— T'as fait plein de bruit, cette nuit. Qu'est-ce que tu foutais, t'es vraiment chiant.

— Cette nuit, j'ai rien fait, j'ai dormi.

— C'est pas vrai, t'as fait plein de bruit. On a même allumé, t'étais à genoux et tu répondais pas.

Toni :

— Tu te fous de notre gueule, hein ?

Chucho, soudain inquiet :

— Mais quelle heure il est ?

Toni ne craint pas de sortir de sa poche le téléphone portable et d'en consulter l'écran :

— 9 h 30.

— J'ai dormi tout ce temps !

Baltasar :

— Forcément, la moitié de la nuit t'étais à genoux.

— Arrête tes conneries, Baltasar, ou je te shoote.

Et Toni :

— Essaie toujours.

Mais Chucho n'a pas de temps à perdre à ça. Il jette autour de lui un dernier regard. Il part sans regret. Rien ne lui manquera. Il ne reviendra plus. Hans voudra sûrement bien le loger avec lui dans son hôtel en attendant les papiers et le départ. Et s'il le faut, il restera caché dans sa chambre, il ne sortira pas, Hans lui apportera des sandwichs et du Fanta, il tiendra facilement une semaine.

Avisant sur la table ses deux vieilles espadrilles noires, il les prend, pour tout bagage, et se dirige vers la sortie.

— Où tu vas ?

— J'ai des trucs à faire.

Baltasar :

— On sait. T'as toujours, toi, des trucs à faire.

Chucho sort. Les deux se regardent.

Le rideau anti-mouches lui glisse une dernière fois sur les épaules, sur le cou, retombe avec son bruit d'osselets et se referme comme un trou dans l'eau.

Sur le trottoir, la plus belle journée de sa vie commence enfin. Un peu d'air glisse de la montagne vers la mer et Barcelone est propre, libre, lumineuse, elle respire calmement sous l'azur fort. Une vibration semble animer la pierre de Montjuïc, où, du moins, des pieds de Chucho un frisson monte. Le monde, le temps s'arrêtent; et le matin, qui toujours a dit bonjour, aujourd'hui dit adieu.

Chucho hésite entre rire et pleurer. Sa grand-mère, sa yaya, Barcelone n'a jamais été aussi belle qu'en lui donnant, ce matin, sa liberté. Nulle rancœur, nulle douleur ne subsiste, l'azur a tout guéri, l'air tout emporté. Alors, à travers les bandes multicolores du rideau, il repasse la tête, posant un doux regard nouveau sur ses deux amis.

— Salut, Toni. Salut, Baltasar. À la prochaine.

Sur le trottoir, l'absence de la Vespal lui fait regretter de ne pas pouvoir enfoncer dans la joue de la Dumbre un dernier baiser.

Le voilà qui descend. Le bonheur qu'il a devant lui pardonne tout. Il ne se retourne pas. Derrière lui, tout peut disparaître, et disparaît.

Même ses espadrilles, en fin de compte, doivent rester là. Et il les jette par-dessus son épaule.

Il descend. Au-dessus de la ville, dans les vibrations de la chaleur, il y a le grand visage blond de Hans et il y a un avion. Tout est là.

Sa joie a quelque chose d'insoutenable, et il doit remuer, frissonner, sauter, il doit lever les bras, tourner, plonger les yeux dans l'azur et finalement pleurer de joie. Il jette au monde son nom : Chucho! Chucho! Comme un enfant qui naîtrait avec la conscience de naître.

— Chucho!

Chucho, c'est cet enfant qui descend de Poble Sec, sur le dur versant de Montjuïc, dépouillé de son passé, la gorge déchirée d'avoir si fort crié son nom et voyant dans ses yeux brouillés l'abandon comme une liberté. Les tilleuls, la fontaine publique, les souvenirs. À onze ans, on n'en a pas moins qu'un vieillard, mais ils sont moins tyranniques. Et à Chucho ils font signe, en foule, et disent bonne chance. Chucho, c'est cet enfant qui n'a pas un instant douté de Hans et de sa parole ; c'est cet enfant fort de sa certitude comme la ville est forte de ses pierres, et qui se laisse à présent porter par le destin.

Chucho, c'est cet enfant suivi de loin par deux de ses amis d'antan.

Aller jusqu'au bout de la rue piétonnière, vers l'arche bétonnée de la police. Mais c'est loin, et rien ne presse de ce qui doit se faire. La monnaie rendue hier par la bienheureuse machine à faire des photos pour New York, un euro tout juste, une simple et jolie pièce, dernier capital sans doute de cette pauvreté qu'il quitte comme le reste, peut bien servir à acheter un beignet dans cette boulangerie.

— Un beignet avec plein de sucre.

Et la grosse dame aux cheveux frisés et aux gencives de squale le lui emballe dans un papier fin.

— Quatre-vingts centimes, mon Chucho.

— Voilà.

Il pense à laisser la monnaie, mais cela ne se fait pas dans une boulangerie. Alors avec ses vingt centimes il sort, sa pauvreté pas épuisée encore et les dents plantées dans le beignet gras.

Malgré le bonheur, l'arche hostile de la police le rebute. Il trouvera bien quelque autre poste plus bas en ville, plus près de l'hôtel, plus près de Hans et de la délivrance. Aussi descend-il vers l'avinguda del Parallel.

Et après lui ses deux amis.

Ne plus jamais revoir Barcelone. Ne plus jamais revoir la boulangère. Jamais est un drôle de mot. Jamais.

Passer par la place d'Espagne. Qu'importe le détour, qu'importe le temps, c'est ce qui manque le moins : à midi, seulement, le rendez-vous. Et si c'est pour partir, autant revoir. Adieu, grande place, où Chucho a volé ses premiers portefeuilles. Adieu, monument ; adieu, esplanade, perspectives ; adieu, taxis jaune et noir ; adieu, fontaine magique ; adieu, pigeons ; adieu, marches, escaliers, une dernière fois je m'assieds, une dernière fois j'écoute le Gitan et sa guitare, sa chanson bien connue,

Se equivocó
la paloma,
se equivocaba, se equivocaba.
Creyó que el mar
era la tierra,
que la noche
la mañana,
se equivocaba, se equivocaba...

(Elle s'est trompée,
la colombe,
elle se trompait, elle se trompait.
Elle a pris la mer
pour la terre
et la nuit
pour le matin,
elle se trompait, elle se trompait...)

Chucho chante doucement et sa voix mélodieuse va par-dessous la voix éraillée du Gitan, qui sort du cœur. *Se*

equivocó la paloma. Alors, il prend la pièce de vingt centimes qui lui reste. Il joue avec la pièce au bout de ses
doigts. Dernière pièce. Il la lance dans l'étui de la guitare.
Le Gitan lui rend un regard. Chucho, en temps normal,
se serait assis à ses côtés. Mais là, plus rien n'est pareil. Il
fait signe. Il part avec les notes, la voix, la chanson bien
connue. *Se equivocó la paloma.*

La longue Gran Via. On se rapproche dangereuse-
ment de l'hôtel. *Elle a pris la mer pour la terre.* L'hôtel, où
tout Barcelone d'un coup va s'achever, s'anéantir, imploser.
Et la nuit pour le matin. L'hôtel, agissant comme un trou
noir, une étoile morte. *Elle se trompait.*

Marcher. Marcher. Ne pas oublier la police. Tout de
même dommage de terminer Barcelone par la police.
Les *Mossos d'Esquadra* n'ont jamais été pour Chucho
l'image de la sûreté. Plutôt de la menace. Repousser
encore un peu l'échéance.

Trottoir, trottoir, trottoir. Des femmes, des cabas, des
enfants, des vieillards. Chucho se sent déjà un étranger.
Un étranger qui fredonne. *Se equivocaba, se equivocaba.*
Une chanson triste dans un cœur heureux. Le monde
dans des yeux d'enfant.

Toujours adroitement suivi.

Elle a pris la mer pour la terre, et la nuit pour le matin.

Déjà l'étrange statue, cet enfant nu sur un aigle qui prend
son essor, paraît par-dessus les toits. L'hôtel est en dessous.
Il faut s'exécuter. Le poste de police le plus proche.

— Skiouzmi, polis pliz?

— Tu descends la rue, mon petit, et la première à
droite sur le coin.

Voilà. La police est sur le coin. La position de Chucho
ressemble à celle d'un baigneur, les pieds sur le sable

brûlant, sachant que la fraîcheur ne lui viendra que de faire quelques pas en avant dans la mer, juste là, et qui se sent frileux. La mer est bonne, dit-on. Et il suffit de poser une question innocente aux *Mossos*. Mais tout de même, on est frileux. Ce n'est pas grand-chose, on sera content quand ce sera fait.

— S'il vous plaît, quelle heure il est?

— 11 h 30, mon garçon.

Ce n'est plus l'heure de reporter.

À l'intérieur, quelques personnes font la queue au guichet immigration. Derrière la grande vitre pare-balles du guichet d'information, la dame blonde dans son uniforme qui lui va comme une robe à un homme est libre. Et mâche un petit chewing-gum.

— Bonjour, madame.

Elle lui montre un micro noir planté dans le comptoir, et, sa voix rendue lointaine par le haut-parleur :

— Parle là-dedans.

Elle mâchouille. Le micro est trop haut pour Chucho. Pas fait pour lui. Il essaie, monté sur la pointe des pieds :

— Bonjour, madame, j'ai une question, je dois partir à New York en Amérique. De quoi j'ai besoin comme papiers?

Elle mâchouille et se met le doigt sur l'oreille en hochant la tête.

— J'entends pas.

Alors Chucho, décidé, répète très fort sa question.

— C'est pas à moi qu'il faut poser ce genre de question, gamin. C'est à ton *ajuntament*[1].

— Et vous ne savez pas, vous?

1. « Mairie. »

Elle chique.

— Je suppose que tu as besoin d'un passeport. Mais c'est tes parents qui doivent savoir ça. Ils doivent se renseigner auprès de leur *ajuntament*.

— Et un visa, j'ai besoin d'un visa ?

— Aucune idée.

— Et la grin card ? Qu'est-ce que c'est ?

Elle lève les sourcils mais, coopérante, se retourne et renvoie la question derrière elle. Une réponse semble lui venir, que Chucho, de l'autre côté de la vitre, ne peut entendre. Elle lui en répercute la substance :

— C'est pas pour toi, ça. Tu n'en as pas besoin. Mais le plus simple, c'est que tes parents se renseignent auprès de leur *ajuntament*. Autre chose ?

Chucho tourne les talons.

— Maintenant, il sort, Belito.

— Oh le fils de pute ! Le fils de pute ! Toni, tu le lâches pas d'une semelle. Et tu décroches quand je t'appelle. J'arrive le plus vite que je peux.

18

Le résultat n'est pas brillant. Mais du moins Chucho sait que la *green card* ne le concerne pas. Et de toute manière, il est beaucoup moins incrédule que le prêtre. Il ne doute pas que le passeport suffira.

En sortant du poste, il pourrait voir Toni et Baltasar, qui se sont beaucoup trop approchés et qui se ruent maintenant derrière la ferraille blanche d'une camionnette garée deux roues sur le trottoir. Mais pour que Chucho les aperçoive, il faudrait que Barcelone existe encore. Or elle est presque entièrement effacée, dépourvue de couleur, réduite à quelques vagues lignes et à trois morceaux de rue, qui mènent à l'hôtel.

Et ces rues mêmes s'évaporent, se volatilisent, pas à pas.

Hotel Ganímedes. Quatre étoiles. C'est là.

Hans ne l'attend pas sur le seuil. Mais c'est normal.

La main du portier en livrée le retient. Mais c'est normal.

Je suis attendu par quelqu'un. Il a averti les gens à la réception. Ils savent.

Le portier l'accompagne, méfiant, en lui serrant fort le bras. Et c'est normal.

Grand hall, grand lobby de l'hôtel, tout en bois sombre et verni. Comme le Burger King en beaucoup plus beau. Des langues étrangères, c'est déjà New York, c'est déjà l'Amérique. Des valises, et c'est déjà le voyage. Partout des gens qui ressemblent à Hans.

Il y a du bonheur dans l'air. Et un peu de monde à la réception. On attend.

— Paco, il y a ce garçon qui dit qu'il a rendez-vous et que vous êtes au courant.

— Un instant, tu veux?

Le dénommé Paco et trois collègues, derrière le comptoir de la réception, s'affairent avec élégance et mettent beaucoup d'obséquiosité à faire signer des talons de paiement par carte de crédit.

— Comment il s'appelle?

Et Chucho dit :

— Chucho.

Comme s'il disait le Prince de Galles ou le Roi du monde.

— Oui, oui.

Et l'homme à la réception cherche quelque chose sous le comptoir.

— Voilà, j'ai ça pour lui.

Et il tend au portier une enveloppe que le portier tend au gamin. Épaisse.

Le portier demande :

— C'est tout?

Paco répond :

— C'est tout.

Et le portier tire par le bras un enfant qui ne sait pas. Un enfant qui dit mais j'ai rendez-vous. Un enfant qui insiste, il s'appelle Hans, Hans m'attend dans sa chambre.

114

Dehors, ramené sur le trottoir, Chucho peste. Ces cons-là ne comprennent rien. Hans est sûrement sorti. Peut-être allé acheter mon billet.

Et l'enveloppe en main, le garçon se demande bien ce qu'il va faire.

Lire la lettre, tiens. La première lettre de Hans. Mais ça ne se lit pas n'importe où, n'importe comment, une première lettre de Hans. Le mieux, c'est de revenir à 18 heures. Il y a deux rendez-vous, non ? Et en attendant, lire calmement la lettre de Hans. Et la savourer.

Barcelone, qui avait disparu, est obligée de ressortir un peu de terre. Au moins le passeig de Gràcia, au moins la place de Catalogne, pas à pas, au moins la Rambla et le chemin jusqu'à la mer.

Toujours consciencieusement suivi.

Jusqu'à ce morceau de plage où Chucho, face à la Méditerranée, s'assoit dans le sable mou.

Avions dans le ciel. Et leurs fumées.

Il ouvre la lettre. Regrette que ses doigts ne soient pas fins comme une lame et qu'il doive avec l'index déchirer, denteler le pli.

D'abord, dans l'enveloppe, il y a de l'argent, des billets de banque, qui lui donnent son épaisseur. Chucho les y laisse et sort le papier à lettre, qu'il déplie. Dont l'en-tête et le pied de page ont été prudemment, mais grossièrement, déchirés. Chucho, si tu viens chercher cette lettre, ce dont je doute, tu y trouveras cet argent, que j'abandonne au hasard et que je voudrais te donner. Il y en a beaucoup, suis mon conseil, ne le dépense pas maintenant, garde-le quelque part, ne le confie à personne, il te sera utile plus tard. Car c'est quand tu seras grand que tu sauras ce dont tu as besoin. Peut-être pourras-tu faire alors ce voyage à New York dont tu rêves déjà. Moi, je pars. J'ai avancé mon départ. Cela vaut beaucoup mieux. Je conçois que tu seras peut-être triste. Mais tu dois me croire, c'est comme ça que les choses doivent se passer. Plus tard, tu comprendras très bien. Hier soir, tard, quelqu'un a demandé pour moi à la réception. J'ai cru que ce serait toi. C'était un individu louche, le visage griffé, l'air indien. Tu sauras. Sache que, quoi qu'il en soit, je ne t'en veux pas. Je garderai toujours un très bon souvenir de toi. Bonne chance. Et travaille bien à l'école, c'est le plus important. Braco.

Pas une rature.

Avions dans le ciel. Et leur sillage de fumée blanche qui s'effiloche et se dissipe.

Chucho prendrait volontiers là, sur la plage, la position du lapin.

Il n'y a pas véritablement de marée en Méditerranée. Et pourtant la mer s'approche. La mer s'approche.

Chucho a remis la lettre dans l'enveloppe et tout glissé dans la poche droite. La mer s'approche et lui mouille déjà les pieds. Elle n'est pas froide.

Bruits tellement humains de la plage.

Bruit tellement d'incendie des flots se bouleversant et du reflux crissant sur le sable.

Chucho avance encore et sans raison dans la mer, tout habillé.

Toni trouve ça bizarre, et Baltasar, ça l'énerve.

— Faut toujours qu'il fasse l'intéressant.

Avec un affreux grondement que nul n'entend, tout Barcelone, ses pierres, ses édifices, ressortent de terre ; et tout en Chucho s'effondre.

Chucho, les sourcils froncés à se toucher, comme les ailes d'un oiseau noir, fixant durement l'horizon, englouti jusqu'au ventre dans la mer, profère à voix haute une vérité que le vent, les vagues et les rumeurs emportent et font taire.

— Saloperie de riche.

Alors seulement une larme peut naître.

— Immonde saloperie de riche.

Et c'est la litanie de Chucho, les vagues le mouillant parfois jusqu'au cœur, jusqu'au cou, ou se creusant jusqu'à la ceinture, jusqu'à sa poche.

— Hey, Chucho !

Il n'entend pas. Il n'est pas là pour entendre quoi que ce soit.

Autour de lui des baigneurs font des brasses, jouent au ballon.

— Chucho !

Ne se mouillant pas, au bord de l'eau, Toni, Baltasar et Belito, qui les a rejoints.

— Chucho !

— Chucho *perro* !

Chucho se retourne. Les voit.

Fuir.

L'eau le ralentit. Les trois sur la plage ont l'avantage.

Fuir où ?

Alors il ne bouge plus. Dos à l'horizon. Face à la plage.

Belito ôte ses souliers, confie son portefeuille, ses clés, son téléphone à Toni et entre habillé dans l'eau. Chucho ne bouge plus. Il se livre. Belito le prend par le bras, le conduit.

— Ce coup de pute que tu m'as fait, d'aller à la police, tu vas me le payer très cher.

Chucho, ses magnifiques yeux ronds grands ouverts.

Ses cheveux comme un marron, ses mèches comme la liberté.

Sa maigreur sous ses vêtements mouillés.

Ses joues lisses qu'une mère n'a jamais touchées.

Ses narines gonflées par un pleur qu'il retient.

Une larme salée au coin de sa bouche. Et toute l'eau de la mer sur le visage du globe.

Ils arrivent sur la plage. Belito, sans lâcher le bras de Chucho, reprend ses effets, se rechausse. Les quatre partent. Rien ne se dit. Jusqu'à la voiture, dans une petite rue de la Barceloneta.

— Maintenant, disparaissez tous les deux. Et jusqu'à nouvel ordre je ne veux plus vous voir chez la Dumbre. Toni, rends-moi le téléphone.

Toni, la main dans son bandage, restitue le téléphone et, avec Baltasar, il s'en va, amèrement déçu, se demandant ce qu'il a bien pu faire de mal pour mériter cette sanction. Baltasar tourne assez discrètement la tête pour voir que Belito a fourré Chucho dans le coffre du vieux modèle Mercedes, bordeaux, décapotable et à jamais décapoté, qui démarre maintenant.

L'indifférence est toute l'enveloppe et la peau même de la cruauté. Rouler en décapotable dans le centre de Barcelone, quelles que soient les circonstances, n'a jamais déplu à Belito. Il chausse ses lunettes de soleil. Il met de la musique.

19

Devant la porte de la Dumbre, sur le trottoir, la Vespal stationne sur son double pied d'acier. Il s'en faut de peu que Belito ne la renverse en s'arrêtant.

Il sort de la voiture, regarde à droite, à gauche, personne, il ouvre le coffre, en extrait Chucho, le conduit à l'intérieur.

— Je me fiche de ce que tu as pu dire à la police. Tu ne peux rien contre moi. Mais je vais te faire passer l'envie de recommencer.

Belito écarte un peu les jambes, comme un militaire au repos. Il ordonne :

— À poil.

Chucho ne réagit pas. La Dumbre, dans son fauteuil, avec la tapette à mouches, a compris tout de suite qu'il ne fallait rien dire.

— Chucho, j'ai dit : à poil. Donne-moi tes vêtements.

Chucho se déshabille. Ôte ses chaussures de sport gorgées d'eau.

Belito fouille les poches, trouve le petit monde en plastique et la sucette, qu'il laisse tomber par terre. Puis il ouvre l'enveloppe.

— Allons, allons. Tu as tout ça comme argent, toi ? Tu m'étonneras toujours.

Et en glissant les billets mouillés dans sa poche à lui, Belito fronce les sourcils.

— Au moins la journée n'est pas tout à fait perdue.

De l'enveloppe, il sort encore la lettre, la déplie, la tient entre son pouce et son index et fait se balancer devant les yeux du gamin le papier trempé où l'encre délavée n'a laissé que de longues bavures bleues, translucides.

— Une lettre d'amour? Tu travaillais déjà pour ton compte? Encore un virtuose, ma parole.

Puis il contourne Chucho nu, corps constellé d'ecchymoses mauves, brunes, jaunes. Il pousse le meuble. Il ouvre la trappe et dit : descends.

— Descends, je te dis!

Chucho descend.

Disparaît.

Belito referme la trappe, qui a craché son odeur de terre. Il va dans la cuisine, y prend un petit couteau qu'il revient glisser dans l'œilleton d'acier, à la façon d'un verrou. Puis il replace le meuble sur la trappe, dissimulée.

— Dumbre, pas un mot de ça à personne.

— Tu ne crois pas que c'est un peu dur?

— Ta gueule! Ou c'est à la gare, avec une piqûre dont tu ne te souviendras pas. Tu sais que ça te pend au nez. Alors ferme-la!

Puis, retrouvant son calme :

— Trois jours là-dedans, ça ne peut lui faire que du bien. Moi aussi, le Navajon m'y a mis. J'en suis pas mort, hein? Ça m'a même plutôt bien réussi. Ce môme est dur comme un caillou.

Il ramasse les affaires de Chucho, les tient en boule sous son bras. Avant de sortir, il menace la vieille du bout du doigt.

— Dumbre, on est bien d'accord, tu ne lui ouvres pas.

Et soudain, spirituel :

— Tu verras quel horrible papillon sortira de cette chrysalide.

Content de son mot et fier de lui, il disparaît à son tour.

Quand les gueules de l'enfer avec le vrombissement de la vieille Mercedes se sont tues et refermées, la Dumbre se lève.

Une grimace tord son visage. Elle s'empare de sa lampe sur la table.

Du petit meuble, elle sort un flacon d'huile à brûler. Avec son derrière et à reculons, elle pousse le meuble. Puis elle s'agenouille, renifle, tire le couteau, ouvre la trappe.

— Chucho ?

Silence. Aucune réponse.

Elle renifle.

— Chucho, je ne peux pas te faire sortir, tu sais, mais je te donne la lampe. Avec une petite bouteille d'huile. Chucho ?

Elle pose la lampe et la bouteille sur les premières marches.

— Fais attention à ce qu'elle ne s'éteigne pas. C'est important.

La femme referme la trappe. Elle renifle. Elle glisse le petit couteau dans l'œilleton d'acier, comme un verrou.

L'auteur adresse ses remerciements à la Fondation Jean-Luc Lagardère, à la Communauté française de Belgique et à M. François des Ligneris.

Achevé d'imprimer
sur Roto-Page
par l'Imprimerie Floch
à Mayenne, le 9 décembre 2008.
Dépôt légal : janvier 2009.
Numéro d'imprimeur : 72351.

ISBN 978-2-07-012415-2/Imprimé en France.

164619